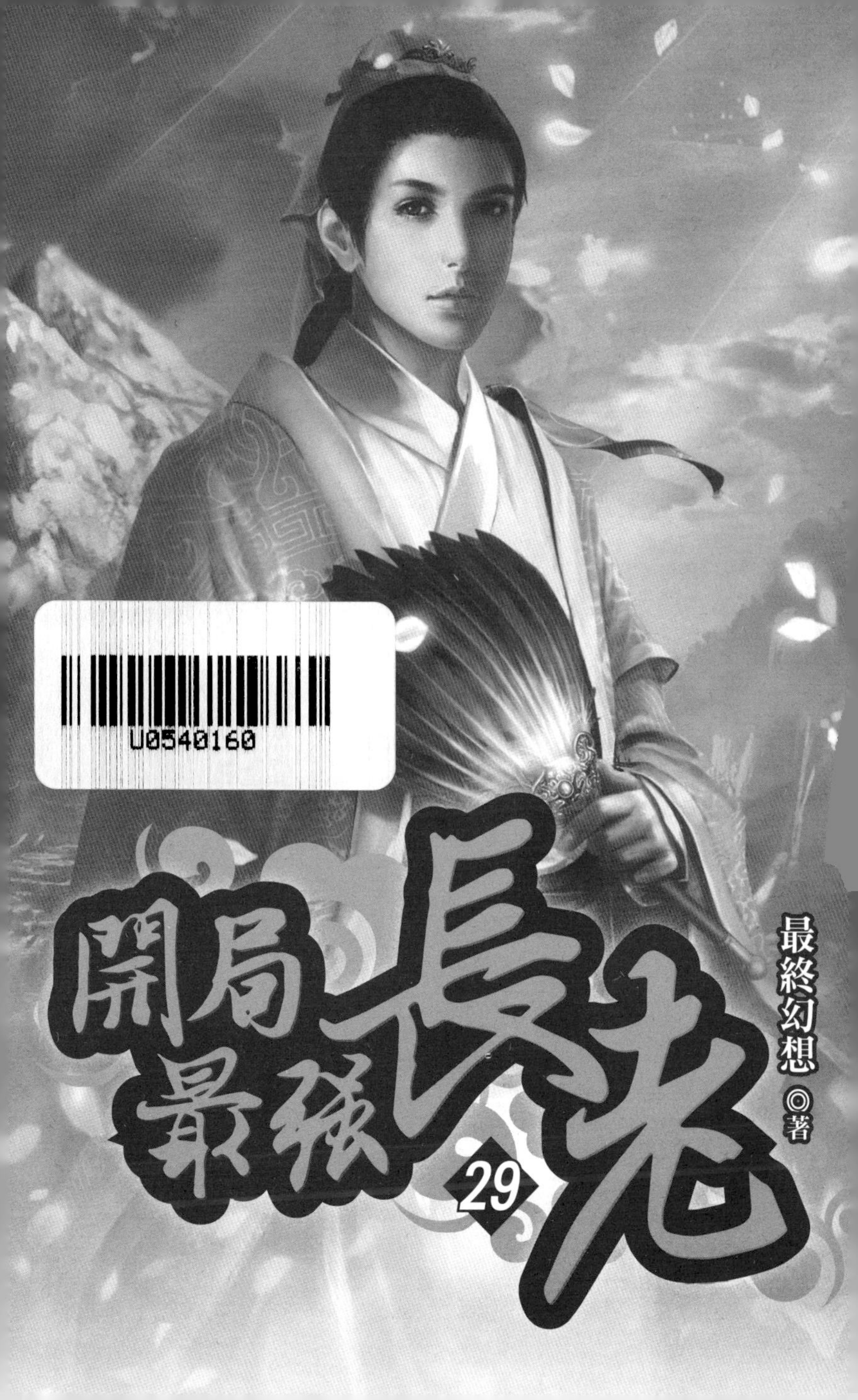

U0540160

CONTENTS

目錄

第一章

冒出了一個想法

百里風的眼裡露出了極其興奮的神色，此刻他恨不得找一個魔獸好好的交戰一番呢。

這就是武師中階巔峰帶來的快感嗎？還真的是舒服呢。

百里風此刻身體的各處感覺到了無比活躍的暢快。

楊福此刻都驚訝地說不出話來了，只能是張大著嘴巴，靜靜的看著百里風。

「百里風為什麼你整個人突然感覺變得不一樣了？」

百里風收回了心神，帶著興奮的眼神看著楊福淡淡地說道：「我進入了武師中階巔峰了。」

話音剛落，楊福的身體驚訝地誇張往後仰了一下，似乎不敢相信一樣。

這麼快就進入了武師中階巔峰？

他可是知道的，當初黑山進入了武師中階之後，可是沉澱了好幾年才堪堪進入武師中階巔峰呢。

看百里風這個樣子，也不像是在武師中階沉澱多年的啊。

不可置信，簡直就是百裡挑一的天才啊。

楊福第一次知道了什麼叫人比人氣死人了。

百里風這樣妖孽的天賦，日後的成就又怎麼可能注定平凡呢。

百里風微微一笑說道：「我們還是先回黑風寨吧。」

楊福打了一個激靈，回了過身，猛然對著百里風點了點頭，隨後二人慢悠悠的走到了城牆之下，進入了黑風寨之中。

楊福很快便被一群手下給接走治療了，倒是古老一下子便掠到了百里風的面前，帶著驚嘆的眼神看著百里風。

「你突破到武師中階巔峰了？」古老是武宗高階的修為，百里風突破修為之後，他又怎麼可能不知道呢！

雖然沒有楊福那樣的驚訝，不過古老的內心也是極其震驚的。

才短短的多少天啊，百里風的修為又進一步了。

難道說百里風就是典型的戀戰體質嗎？不斷地戰鬥，不斷地提升修為。

古老還是不放心，在百里風的身上好好的檢查了一遍。

百里風當然知道古老在擔心些什麼了。他無奈地擺了擺手笑著說道：「古老，你放心吧，我的修為絕對穩固，不可能會去修煉魔道功法來得到修為精進的效果。」

聽見百里風這麼說之後，古老才放心的點了點頭，他還真的怕百里風為了追求一味的修為從而修煉魔道功法，那樣的話可就得不償失了。

古老輕輕的嗯了一聲，對著百里風說道：「如果黑風寨沒有什麼事了的話，那麼我們還是趕緊回去吧，三天期限已經過了，你的父親說不定已經急成什麼樣了。」

百里風這才恍然大悟，自己已經出來三天了，是時候該回無涯城了，不然百里欒還真的得擔心。

在此之前，百里風必須要告知楊福了，畢竟他現在已經是黑風寨的主人了。

百里風前往大廳，很快便看見了楊福。

他的臉色已經好了不少，沒有像之前一樣的蒼白了。

看見百里風後，楊福也露出了一絲的微笑。

「百里風，怎麼樣身體恢復得不錯吧。」

百里風點了點頭：「我基本都沒有什麼大礙了。」

楊福聽見之後，伸出了手，拍了拍百里風的肩膀一下，笑著說道：「那看來還挺不錯的，你是我見過的人之後，實力已經是最強的了。」

楊福幾乎都是在黑風寨，見過的武者畢竟也是在少數，黑山也是武師中階巔峰，但和百里風比起來，就顯得有些那麼不入流了。

百里風聽完楊福的誇獎之後，也只是微微一笑，並沒有放在心上，他看向楊福略帶歉意地說道：「抱歉了，我可能要走了，不能在繼續的留在黑風寨了。」

楊福聽完之後有那麼一瞬間的失神，隨後他追問似地說道：「怎麼了？為什麼會這麼匆忙啊？為什麼不留在寨子裡好好的過幾天呢？」

楊福還是想將百里風挽留下來的。

百里風抱拳無奈地說道：「抱歉了，無涯城還有很多的事情等著我回去處理，我出來太久了，也許他們都等急了。」

聽見這樣的話之後，就連楊福也只能無奈地露出了一絲的苦笑。看來百里風是決心要走的了，好像怎麼留也留不住他了。

楊福無奈地點了點頭說道：「那好吧，既然你已經決定了，那麼我也不能一直攔著你吧。你什麼時候走？」

百里風抿了抿嘴，訕訕地說道：「估計一會就離開了，我要趕在天黑之前離開黑風寨。」

楊福聽見百里風這樣堅定的話語之後，感覺也沒有什麼好挽留的了。

幾番寒暄之後，百里風便回到了房間帶上了小妲己之後，他和古老一起走出了黑風寨的大門。

城牆上了楊福戀戀不捨的看著遠去百里風的背影，如果沒有百里風的話，那麼如今的黑風寨也不可能變得如此的安詳。

楊福的心裡其實很感激百里風。

走了很遠很遠的時候，百里風轉過了身，看了一眼最後的黑風寨，看見城牆上的楊福時，百里風舉起了手對著楊福搖了搖。

然後便消失在了天啟山脈的樹林之中。

路途中，百里風和古老兩個人正在不斷地前進呢。

天啟山脈雖然此刻已經沒有了太多強悍的魔獸，但暗地裡早已經有很多蟄伏的魔獸沒有冒出來。

不過有著古老這樣的武宗高階級別的強者在，暗地裡的魔獸又怎麼可能會出來呢。

他們兩個人很快便不斷地穿梭著天啟山脈的深處，要回到無涯城就得橫穿天啟山脈深處的山谷。

不過古老隱隱約約釋放出來的氣息在告誡著暗地裡的魔獸。

很快，他們一路上暢通無阻，好像天啟山脈的魔獸都消失了一樣，根本看不見一絲的影子。

所以他們兩個進展得也是很順利，才半天的光景便已經行走了一半的天啟山脈，相信只要到晚上之前就一定能回到無涯城。

「等你回去之後，你希望怎麼解釋這隻狐狸？」古老訕訕的開口，問百里風說道。

百里風也愣了愣神，關於小妲己的事情他確實現在還沒有想這麼多，不過現在倒還真的是一個比較麻煩的問題了。

百里風看向古老，他的腦子裡冒出了一個想法。

百里風雙手向古老作揖然後懇求地說道：「懇請古老到時候幫我隱瞞一二。放心，小妲己絕對不會做出傷害無涯城無辜民眾的事情的。」

古老抿笑兩聲說道：「你如今既然已經有這樣的實力了，為什麼還要懼怕其他人的看法呢？如果不爽，那麼就打到他們服為止就是了。」

古老的話裡帶著豪邁的霸氣，讓百里風聽起來也是感覺有些觸動了。不過他還是很猶豫，看向古老糾結地說道：「可如果他們知道小妲己是三階魔獸而且還是救世獸的話，會不會……」

古老伸出了手拍了拍百里風的肩膀，仔細的開導他，說道：「你已經有了這樣的實力，強者就該要有強者的驕傲，是不可能容許他人以非議的目光來看待自己。」

聽完古老說的話之後，百里風此刻心裡也是有著很多的感觸，隨後他堅定的點了點頭。

這麼多的危險都走過來了，小妲己可是他唯一的寵物，如果有人要想傷害小妲己的話，那麼就真的要問問百里風的拳頭了。

下午近乎落日的時候，百里風和古老二人終於看見了無涯城的大門，他們兩個踮起腳遙望那巨大的無涯城門，滿意的點了點頭，走了這麼久，終於回來了。

百里風看見無涯城之後心中自然也是一陣的暢快，總之就是回來了難道不是嗎。

無涯城的城門依舊熙熙攘攘，人來人往的，好不熱鬧。

城門的衛兵還是上次瞧不起百里風的那兩個。

不過這次有了眼力見，看見百里風之後，他們肅立了起來。

守衛隊長懷著一臉諂媚的笑容靠近了過來，都笑開了花。

「百里風公子，好久不見，沒想到能在這裡遇見你，真的是讓我們感到榮幸啊。」

那守衛隊長的馬屁拍得很到位，城門的民眾一下子被吸引了注意力，他們紛紛矚目著百里風的方向。

發現了百里風的身分，他們的眼裡也是充滿了驚奇。

百里風，無涯城年輕一輩武道丹道扛鼎之人，他的事蹟怎麼說也說不完。

百里風對著那名守衛隊長點了點頭，說道：「我現在有要事進入無涯城，你要攔我嗎？」

守衛隊長一聽簡直就是頭皮發麻，阻攔百里風？這誰敢做啊。

他連忙讓開出了一條道路，恭恭敬敬地說道：「百里風公子，您請。」

百里風嗯了一聲，便大大方方地走入了無涯城。

進入城池之後，熟悉的小販叫賣聲傳來，連綿不絕延伸至整個街道。

百里風和肩膀上的小妲己成為了最引人注目的一道光景。

百里風大步的朝著百里家的方向行走，這麼久不見，百里欒大概都已經快急死了。

百里風必須要盡快回去報個平安。

而古老，進入了無涯城後，便消失不見了，也不知道去哪了。

百里風覺得他可能自有想法，也沒有過多的追尋古老。

很快，他便已經來到了百里家大門，門衛看見百里風後也連忙進去通報了。

不過百里風的速度比他們更快，直接就進入了百里家。

這個點，百里欒應該是在百里家的大廳，所以百里風二話不說便朝著百里家大廳方向走去。

此刻，百里欒正在和百里家的高層在大廳裡商討著一些百里家未來發展的問題。

百里風突然風風火火的走了進來，讓大廳裡的人都為之驚訝，他們愣了愣神，隨後眼裡也激射出了一陣熾熱的光芒。

百里風，終於回來了？他沒有死，沒有死在天啟山脈。

最為震驚的是百里欒，他手裡的茶杯在看見百里風的第一眼之後，被他激動地捏得粉碎，碎片散落成了一地。

百里欒從位置上猛然地站了起來，先是盯著百里風許久，還以為是錯覺，用手掐了掐一下自己的手臂，真實的痛覺傳上百里欒的大腦之後，他的腦子裡跟膛炸了一樣，嗡嗡作響。

「風兒？」百里欒輕聲的呼喚了一聲。

百里風自信的抬起了頭看著百里欒說道：「是的，父親，我回來了。」

百里欒真正的聽見百里風的聲音承認之後，興奮得哈哈大笑了起來。

「風兒，你終於回來了。」百里欒激動地跑到了百里風的面前，一把抓住了百里風的肩膀抱了上去。

百里欒那擁抱的力度，差點沒讓百里風緩過氣來。

「咳咳咳！父親，你鬆開些，不然天啟山脈的魔獸沒有殺死我，你就要把我送走了。」百里風沒好氣地說道。

百里欒野感覺到有些不對了，他鬆開了百里風，自己尷尬的笑了笑，無奈地撓了撓頭說道：「不好意思啊，是我太過於激動了。」

百里風正了正身形，深呼吸了一口氣一下。

百里欒轉過身，對著大廳裡面的人擺了擺手，淡淡地說道：「那個你們先出去吧，我有點事情要跟百里風說。」

那些百里家高層的人當然知道百里欒的意思了，他們站了起來，對著百里欒作揖便恭敬地退了下去。

百里欒抓著百里風的手來到了主座上坐了下來。

他們兩個中間還隔著一張桌子。

「風兒，快告訴我，你這些天都發生了什麼事情。」百里欒急迫地說道。

百里風咳嗽了幾聲之後，便將這陣子以來的發生所有事情都告訴了百里欒。包括小妲己和黑風寨的事情。

因為百里風知道，儘管讓百里欒知道小妲己是救世獸之後，他也一定會尊重自己的決定，不會對小妲己出手的。

不過為了安全起見，小妲己在百里風進入了百里家之後，便隱藏了下來。

三階魔獸要隱藏住氣息的話，除非武宗級別的強者到來，否則根本不可能會發現小妲己的位置。

百里欒聽完百里風講的之後，他正了正身形，長嘆了一口氣。

百里風這幾天的經歷可以說用徘徊在死亡的邊緣來描述都不為過。

身為父親的百里欒，聽起來就很揪心，自己的兒子經歷了這麼多的苦，而他卻什麼也不能做，一想到這裡，他的開始有些自責了起來。

百里風當然能看穿自己父親的想法了，他只是伸出了手輕輕的拍了一下百里欒的肩膀說道：「父親，我沒有事的，你看，我這不是因禍得福，成功的進入了武師中階巔峰了嗎？」

百里風一講，百里欒才發現了過來，他神情激動地看著百里風，探查了一下他的修為，沒想到這樣子更加讓他震驚了。

百里風已經進入了武師中階巔峰？這才多久啊，怎麼可能這麼快。

太過於妖孽的天才也不可能會擁有這樣的天賦吧。

百里風的進步簡直讓人感覺到一陣的驚悚啊。

「古老呢？」百里欒突然有些好奇地問道，當初就是他前往閣樓懇求古老出手跟隨百里風保護他的。

百里風想了想說道：「他應該已經回到了閣樓了吧，進入了無涯城之後，他就消失了。」

百里欒低頭沉思了一會，這才點了點頭說道：「好吧，既然他已經回到閣樓，那麼我也沒有要追問下去的必要了。」

百里風嗯了一聲，父子二人都沒有繼續說話，氣氛顯得異常的尷尬。

還是百里欒率先打破局面的，他緩緩地開口說道：「百里風，最近無涯城來了一個外來的天才，他自稱是無極宗的內門弟子，在城裡不斷地挑戰三大世家年輕一輩的天才，他的名頭最近很盛。」

百里風一聽便來了興趣，外來天才？他倒是很像見見呢。

「那個人叫什麼名字？」百里風迫切的追問道。

打遍了整個無涯城的天才，聽說有外來的天才來挑戰，他一下子便提起了興趣，畢竟他可是很想跟那傢伙交交手的呢。見識見識外面的世界的天才實力到底有多強勁。

百里欒苦澀的擺了擺手說道：「本來我覺得他還可以跟你勝負對半開的，但現在你穩勝，那人叫童天楓，武師初階的實力，戰鬥經驗異常的豐富，哪怕是對上武師初階巔峰的強者也絲毫不怯場。」

百里風聽完自己父親的講述之後，心中早已經升起了無盡的戰意，那樣的天才，百里風實在是太想太想跟他切磋切磋了。

不好好的打一場都對不起百里風身為無涯城年輕一輩丹道武道扛鼎之人。

百里欒當然感覺到了自己兒子的戰意，他身為百里家的家主當然也希望百里風好好的挫一挫童天楓的銳氣，不然三大世家的臉面就要盡失了。

百里欒抬起了頭注視百里風。

「明天他就會在無涯城中心的廣場擺下擂臺，我希望到時候你上去能勝他，卻不要太過於的羞辱他！」

「嗯？」百里風疑惑的別了別頭，好奇地問道，「為什麼呢？難道說這童天楓身後的無極宗大有來頭？」

百里欒長嘆了一聲，無奈地說道：「他身後的無極宗是整個秦明帝國西南地區最大的門派，別說武師了，就連武宗強者都是很常見的存在，我還聽說無極宗的宗主已經突破到了戰靈級別，實力不可謂不強大啊。」

百里風聽完自己父親的講述之後，也驚訝地身體往後仰了仰，這無極宗沒想到是秦明帝國西南第一宗門，這個名頭說出去還挺唬人的。

百里風打包票的點頭道：「父親你放心吧，我最多是擊敗他，不過太過於的羞辱他的。」

百里風說完這話後，百里欒才真正的放心了下來。

很快，大廳又連忙的趕來了兩個人，百里天德和百里冰。

「百里風，你終於回來了。」百里冰驚喜地說道。

百里風別過了身子看向百里冰，眼裡閃過了一絲的驚喜，他沒想到百里冰的變化竟然已經這麼大了。

「妳突破武者高階了？」百里風面帶笑意地問百里冰道。

百里冰抿著嘴挑了挑眉頭，驕傲的抬起了頭，笑咪咪地拍著胸口說道：「那是自然，我是誰，怎麼說在百里家也算是天才了。」

「撲哧！」百里風沒好氣地笑了一聲，這個傢伙還真的是絲毫不掩飾自己的驕傲啊。

百里天德看著百里風不知道該說些什麼，之前他心裡對百里風的執念早已經解開了，眼看著百里風回來之後，百里天德的心裡也沒來由的欣喜了起來呢。

百里冰突然便氣得直跺起了腳。

她撅著小嘴巴看起來生氣的樣子還挺可愛的呢。

「哼！」

百里風好奇地問道：「怎麼了？是不是誰又惹妳了。」

百里冰的話裡帶著無盡的怨氣，她不爽的對百里風說道：「百里風，你可要為我做做主。」

百里風一臉的笑意，他點點頭說道：「妳先說說妳怎麼了。」

百里冰氣得嘟著嘴，還是不肯將她生氣的原因說出來。

百里天德無奈地搖了搖頭，他站了出來說道：「還不是因為那個童天楓。」

又是童天楓。

看來百里風不在無涯城的這段日子裡，童天楓已經在無涯城掀起了很大的風浪。

此刻百里風早已經滋生出了要會一會童天楓的想法了。

百里天德無奈地搖了搖頭說道：「那個童天楓太過於狂妄了，他擊敗了三大世家的各大天才子弟之後，便放眼，整個無涯城的武道根本就是一灘爛泥，扶不上牆，活該一年之後會被魔獸大劫給吞併。」

百里風聽見這樣的話語之後，臉色不善地皺了皺眉頭，這童天楓確實有些狂妄啊。

做人太高調了可不好呢。

百里風雙手環胸仔細的思考了起來。此刻百里冰心中的不滿早已經要爆發而出了，她向前站出一步，赫然的對百里風說。

「現在整個無涯城年輕一輩之中，也就只有你能擊敗童天楓那個傢伙了，必須要讓他嘗嘗苦頭。」

百里風微微一笑，童天楓既然敢在無涯城挑戰年輕一輩的天才的話，那麼百里風身為年輕一輩扛鼎之人，就必須要出戰了。

相信無涯城很多人都在等待著自己的出現呢。

「叮！激發特殊任務，擊敗童天楓，既可得到無極宗外門弟子邀請函。」

宿主：百里風

境界：武師中階巔峰、煉藥師二階（一百分之四十一）

生命值：九百

積分：六萬

功法：九轉歸元訣（第二層）
武器：小刀、長劍、一階藥鼎、一階丹方補血丹、無極掌套（黃階上級）、二階內核、玄階中級內甲天蠶寶甲
寵物：天雪狐
武技：崩山掌（大成）、巨熊神吟
任務：B級任務，守護百里家，解開無涯劫難。S級任務，恢復靈動戒

百里風一下子興趣更加的強烈了。

第二章

一個人靜靜

百里風眼裡激射出了無盡的戰意，他猛然地點了點頭，對著眾人說道：「你們放心吧，既然他敢在無涯城擺下此擂臺，之前我不在無涯城，那麼他既然囂張了這麼久，就應該要有能力承受我的挑戰。」

百里風說完之後，在場的所有人一下子便都激動了起來。無涯城的第一天才終於要出世了嗎？

在場的人都感覺渾身發麻了起來，全部的細胞都一下子歡呼雀躍了起來。

百里冰伸出了手，拍了拍百里風的肩膀，笑著說道：「我相信你能贏，到時候你可一定要把我丟的面子給找回來。」

百里冰說著便對著空氣揮舞了幾下，氣鼓鼓的。

百里風不禁抿然一笑，這個百里冰還真的是可愛。

不過等了一會之後，突然大廳外面有人慌慌忙忙地跑了進來。

「家主。」

那名手下神色慌張，單膝下跪向著百里欒說道：「有情況。」

百里欒挑了挑眉頭，神色這麼慌張，那說明情況一定很緊急了。

百里欒開口詢問道：「到底是什麼緊急情況，快說出來。」

那名手下焦急地說道：「童天楓此刻正在我百里府門外挑釁。」

呢。

百里欒一聽，眉頭便上揚了起來，猛然地怒瞪眼。

「什麼？那個傢伙竟然都已經敢來我們百里府挑釁了嗎？」

百里風也好奇了起來，這個最近把無涯城鬧得不安生的傢伙到底是什麼樣的

百里冰雙手環胸說道：「百里風，那個傢伙既然都已經打上門了，那麼你就不能一直的低調下去了，快出去教訓教訓那個傢伙，讓他吃吃苦頭。」

百里欒也提起了一絲的興趣，他大笑兩聲說道：「那個小子姑且就讓他先嚎叫著吧。」

隨後百里欒轉過身對百里風說道：「風兒，跟我走。」

百里風有些好奇問道：「去哪？」

百里欒點點頭說道：「百里家閣樓見古老。」

百里風的心一下子提拉了起來，他很快便知道了自己父親的意思。

百里冰氣沖沖地說道：「家主，難道要任由那個傢伙一直在門外嚎叫嗎？」

百里欒自信滿滿的樣子，他抬起了手往下壓了壓，淡淡地說道：「放心，姑且讓那個小子蹦跳先，等我處理完了事情再回去解決他。」

百里欒家主的威嚴不容挑戰，百里冰的眼神很快便黯淡了下來，她無奈地說

道：「那好吧，既然家主有事情要辦，那我們先出去應付一下童天楓。」
說完之後，百里冰和百里天德二人便已經轉身出去了。
百里風好奇地看向百里欒，問道：「父親，為什麼一定要這麼急著去見古老呢？」
百里欒耐心的解釋了起來。
「現在你不能在繼續待在無涯城了，我去求古老，給你指明一個向外發展的方向，這樣你才能更強。如果你一生都要被限制在無涯城的話，最高也不過是武宗級別的強者罷了，外面的世界更精彩，你是天上龍，不是池裡魚。」
聽完百里欒的話之後，百里風平淡的心情也突然激動了起來，他抿了抿嘴，猛然地點了點頭。
百里欒帶著百里風來到了百里家閣樓外。
百里欒上前一步，雙手作揖，說道：「當代百里家家主百里欒懇求見古老一面。」
他以渾厚的武之氣激盪開來。
恢弘的百里家閣樓先是顫抖了一下，隨後發出了經久不息的長鳴聲。
緊接著像是古樸的木門發出了刺耳的聲響，然後百里家閣樓大門緩緩地被人推開。

古老從裡面走了出來。

百里風的眉頭挑了挑，古老果然回了百里家閣樓。

古老從裡面緩緩地走了出來，神色輕鬆看著百里欒淡淡地開口說道：「百里欒？找我有什麼事情呢？」

百里欒神色激動，突然一陣堅定看著古老，說道：「晚輩在這裡懇求古老能給百里風指明一下未來的修煉方向，我不想他一輩子都待在無涯城這個小小的城池。」

古老聽見百里欒這樣的話之後，露出了滿意的神色，他緩了緩淡淡地說道：「好！本來我也有這個想法，既然你都已經這樣說了，那麼我姑且就給你指明一下吧。」

百里風豎起了耳朵，仔細的聽起來，都想從古老的口中聽到很有特別的話。

古老抿了抿嘴巴點點頭說道：「無極宗！」

「什麼？」百里欒一下子便瞪大起了眼睛，太過於震驚了，無極宗，那可是秦明帝國西南地區最大的宗門，童天楓那個傢伙不就是無極宗內門弟子嗎？

古老說到無極宗之後，眼神裡閃過了一絲的慍怒。

百里風能看出來，看來無極宗跟古老有著千絲萬縷的關係啊。

古老點了點頭淡淡地說道：「對，就是無極宗，帝國中心還不適合百里風，先讓去無極宗鍛鍊一陣，等強大了，無極宗自然自然能成為百里風的靠山，到時候他自然可以順理成章的進入帝國中心歷練。」

百里欒聽完古老的話之後，同意點了點頭，這樣說下來，也真的就只有無極宗適合百里風了。

百里風心念一動，剛才系統發布的任務不就是讓百里風成功擊敗童天楓，然後就能得到無極宗的外門弟子邀請函嗎？

還真的就是撞槍口上了。

古老長鬆了一口氣說道：「也許很快我就要離開百里家了。」

百里欒好奇了起來，追問道：「古老，您要離家百里家？」

古老點了點頭，眼神裡帶著無盡的落寞。

「逃避了這麼久，也是時候回去解決一下了，不能一直躲著啊。」

百里風一聽微微一笑，這古老果然是一個有故事的人，看來父親沒有猜錯，他的實力肯定比現在還要強。

只不過因為某些原因封印了修為罷了。

古老看著百里風，眼神絲毫不掩飾的歡喜。

「百里風這個孩子我挺喜歡的，我離開的時候會給他一個機遇的，能不能把握就看你的了。」古老對著百里風說道。

百里風一聽，一下子激動了起來，機遇，武宗強者給的機遇那對於百里風來說就是最大的修煉資源。

「感謝古老。」百里風雙手作揖，對著古老道謝了起來。

古老揮了揮手示意道：「你們先回去吧，我一個人靜靜。」

古老說完之後，便緩緩地轉過了身，帶著無盡的落寞逐漸的消失在了百里家閣樓的大門裡。

百里欒激動轉過了身，看著百里風激動地說道：「風兒，你聽見了嗎？到時候我一定盡去全力送你離開無涯城，讓你去更廣闊的天地發展。」

百里欒說道這裡時，已經掩蓋不住自己的興奮，他好像一個平凡的父親終於看見自己的兒子即將飛黃騰達一樣。

他的兒子，百里風有著無限光明的未來。

百里風看見百里欒表現得如此的激動之後，他也是有些感動的

百里家大門外，童天楓站在外面不斷地叫囂著。

「喂，百里家的小輩們都去哪了？怎麼一個個都跟窩囊廢一樣，快些出來乖乖跪在老子的面前認錯，說三聲爺爺，我是廢物我就饒過你們。」

百里家門口的守衛早已經忍不住出手了，但他們都被童天楓一一給收拾了。

童天楓可是武師初階級別的強者，那百里家門口的守衛大多就是武者中階罷了，怎麼可能是童天楓的對手。

百里景福雙手負後，眼神裡充滿著憤怒看著童天楓。

「小子，你別太囂張了，難道不知道這裡是百里家嗎？不是你們無極宗，真當我百里家無人了？」

童天楓一副有恃無恐的樣子。

「我當然知道這裡是百里家，不然我怎麼敢來這裡撒野呢，不過你們百里家的小輩一個個的也真的是廢物，都躲在裡面幹什麼。你百里家可是公認的無涯城第一世家，呲呲呲，還以為有多厲害呢，一群孬種蛋。」

聽到這裡之後，百里景福真的就忍不住了，他瞪大起了眼睛，赫然的出手了。他以極其快速的身法掠了下來。

童天楓露出一絲陰謀得逞的笑容。

「既然你都向我出手了，那麼我也沒有要隱瞞的意思了。」

童天楓也赫然的出手了，他將武之氣全部的覆蓋在了掌心上。

雙方皆是爆發出了武師初階的強大氣勢。

我以掌對掌！

二者的中間對上了。

一股強大的風流從他們的中間激射而出，然後不斷地向四周激盪開來。

周圍的塵土都被揚起了，好大的灰塵。

百里景福的眼神陰冷地盯著童天楓，咬著牙狠狠地說道：「小子，你別太囂張了，這樣對你一點好處都沒有。」

「如果讓家主出手的話，你根本沒有取勝的可能。」

童天楓自然也是露出了一絲會心的笑容。

「哈哈，沒想到我的面子竟然已經這麼大了，竟然能讓傳說中的百里家家主出手，不過你想想，如果我死在這裡，無極宗會放過你們百里家嗎？我的身分不僅僅只是無極宗的內門弟子，還是無極宗大長老的關門弟子。」

百里景福聽到這樣的話之後，稍微的失神了一下。

這下可好了，讓童天楓一下子便抓住了機會，赫然的加強了武之氣的灌輸。

緊接著，百里景福感覺到掌心傳來了一陣的劇痛，該死的，同等境界的強者交手最忌諱分神了。

百里景福被童天楓給擊飛了出去。

百里景福狼狽的扶著大門的柱子，眼神陰冷地看著童天楓，剛才他不覺得童天楓是在撒謊。

從最近調查的資料來看，童天楓確實在無極宗有很大的背景，哪一個普普通通的內門弟子就敢來無涯城挑釁三大世家？簡直就是死都不知道怎麼死。

童天楓拍了拍身上衣服的灰塵，不屑的看著百里景福說道：「還真的是廢物一個，根本沒有資格當我的對手。」

百里景福眼神死死的盯著童天楓，然後不爽地說道：「你以為你的天賦是最強？」

童天楓眉頭一挑，便來了興趣。

「你倒是說說看，我倒是很好奇，這無涯城誰的天賦還能比得過我呢。」

「哈哈哈！」百里景福大笑了起來。

這讓童天楓內心更加的好奇了。

「說，整個無涯城到底還有誰可以跟我匹敵。說出來，我保證不殺你。」

百里景福深吸了一口氣說道：「百里風，他不僅僅是我們百里家的第一天才，更是無涯城年輕一輩丹道武道扛鼎之人，你擊敗無涯城再多的天才都沒有用，連他都沒有見過，談何天賦。」

「百里風！」童天楓瞇起了眼睛，眼神裡透出了一絲的驚訝。

百里風這個名字，目前為止他已經聽過很多很多遍了。被他擊敗的年輕天才都說，他不是無涯城真正的第一天才，只有百里風才是。

從小就爭強好勝的童天楓又怎麼可能聽得了別人說，他的天賦比別人差的事情呢。

很快，童天楓便冷笑地說道：「我如今都已經在無涯城幾天了，都沒有見過那個所謂的無涯城丹道武道年輕一輩扛鼎之人百里風出現，在我看來，他也只不過是一個宵小之輩罷了。」

百里景福聽到這裡之後，便憤怒的反駁道：「你算什麼東西，如果百里風出現，那麼你一定是他的手下敗將。」

百里景福還沒有得知百里風已經從天啟山脈回來的消息，所以他的心裡也是有些發寒的。

童天楓更加堅定心裡的想法了。他不屑地說道：「如果你能讓百里風馬上出現在我的面前，並且擊敗我，那麼我就可以當眾向他磕頭認錯怎麼樣？」

「此話當真？」大門裡面傳出來了一陣的聲音，原來是百里冰和百里天德趕到。

童天楓看見百里冰之後，笑著瞇起了眼睛。

「我當是誰呢？原來是手下敗將啊。怎麼？今天又來找虐啊。」

百里冰聽到這裡，憤怒的瞪了一下眼睛。

「你別太狂了。」

童天楓開始注意到了百里天德。

之前百里天德很低調的一直在閉關，所以童天楓肆虐無涯城的幾天，他並沒有出現。

所以當童天楓看見了百里天德之後，看著他的修為是目前見過最強的年輕天才了。

「你就是百里風？」童天楓不屑地說道，才武者巔峰，還以為多強的天才呢，被吹捧上天了吧。

百里天德愣了愣，無奈地苦笑了兩聲，看來童天楓是把自己當成了百里風。

「我不是百里風，我叫百里天德，是百里家的二少爺。」百里天德解釋道。

童天楓笑了笑。

「你不是百里風，那我跟你打沒有意思，才不過是武者巔峰罷了，我動動手指頭就可以勝你。」

百里天德的眼裡激射出了無盡的戰意，他緩緩地抬起了手看著童天楓說道：「我們倆都沒有打過呢，你怎麼知道我會輸。」

童天楓無奈地扶了扶額頭，似乎是在為百里天德這個不到黃河不死心的傢伙感覺到無奈一樣。

「那好吧，既然你想打的話，就上來吧，別怪我沒有提醒你，敗在我手下的人，可是會很沒面子的喔。」

百里天德早已經按捺不住了，他身體稍微的拱了拱。

「來吧，這麼多的廢話幹什麼。」隨後百里天德的身體便彈射了出去。像出膛的炮彈一樣，向百里風激射而來。

童天楓似乎對這樣的情況早已經見怪不怪了，不過看見百里天德這樣的氣勢之後，他還是提起了一些的精神。

童天楓伸出了手，抓住了百里天德的手臂，然後開始快速的旋轉了起來。

百里天德便已經感覺到了一陣的頭暈目眩，難受得不得了。

他張了張嘴巴，然後便被童天楓給狠狠的甩飛了出去。

不過百里天德的反應很靈敏，他很快便在半空之中反應了過來，他調整了一下，便赫然的穩住了身形，穩穩的落在了地上。

他眼裡充滿戰意的看著童天楓，這個傢伙第一次交手沒想到就已經給百里天德帶來了這麼強大的壓力了。

童天楓伸出了舌頭，邪魅的舔了舔嘴唇，面帶笑容的看著百里天德，說道：

「我還以為你會被我一招給擊敗呢，沒想到你實力還挺強的，不過你被我擊敗也是遲早的事情了。」

隨後，童天楓快速的掠了出去，一拳轟中了百里天德的胸口。

他根本沒來得及反應過來，緊接著童天楓又是一拳轟了過來，百里天德倒吐出了一口慘烈的鮮血，隨後踉踉蹌蹌的猛烈退了幾步。

童天楓雙手負後，一副世外高人的樣子。

「你的實力目前來說還是不錯的，不過就是太差了。」

百里天德咬了咬牙不肯死心的樣子，他決定在做最後一擊的準備了。

「滅天掌！」

隨後百里天德赫然的跳了起來，從高處猛然地落下，朝著童天楓的面龐。

「我靠，打人不打臉啊，你這小子夠絕。」隨後童天楓快速的出手，以三指分別點在百里天德胸口，腹部，臉部。

百里天德的身體頓了一下，在半空之中，隨後好像有一股強大的力量突然襲來一般，百里天德直接就被彈飛了出去。

他狼狽的躺在了地上，摀著胸口，一副不甘心的樣子。

自己還是沒有成功。

童天楓滿意的點了點頭。

「你這個武者巔峰有點意思，過一段時間估計你就可以突破到武師了。」

聽到這樣的話，百里天德沒有一絲的欣喜，倒是覺得童天楓一陣狂妄至極。

童天楓掃視了一下四周，赫然的開口說道：「你們所說的天才百里風到底在哪呢？該不會真的是縮頭烏龜吧，哈哈哈。」

「你在找我嗎？」百里風的聲音冷冷的從大門裡面傳了出來，百里冰和百里天德驚喜地看向大門處。

就連百里景福都掩蓋不住自己內心的真正激動。

百里風的眼神陰沉著，好像快殺人一樣，他直勾勾的盯著童天楓。

一股武師中階巔峰強者的氣勢直接爆發了出來，向童天楓威壓而去。

童天楓直接震驚了，不可置信地顫顫巍巍說道：「武師中階巔峰。」

當他說完的時候，那氣勢滔滔的便像洪水一樣襲來了，像是高氣壓的強風橫掃在童天楓的臉上一樣，他感覺到自己的臉傳來火辣辣的感覺。

百里風緩緩地踏下了臺階，每下一級臺階，童天楓身上的壓力便感覺重了一分，等百里風真正的下完臺階的時候，童天楓幾乎是以半跪的姿態在百里風的面前。

他咬著牙，雙眼充滿著血絲，似乎是想反抗一樣。

「你算什麼東西？也敢在我的面前嚎叫，螢火可敢與皓月爭輝？」

童天楓感覺到了前所未有的壓力一樣，他的額頭上已經開始緩緩地流出了冷汗。

「你就是百里風？」童天楓此刻仍然咬著牙質問道。

「沒錯，我就是你要找的百里風。」

百里風不自覺的抬起了頭，給人一種高高在上的感覺。

童天楓用盡了全身的武之氣，僅僅就只是要為了抵抗住百里風的威壓，他站了起來，帶著不甘。

他沒有想到百里風看起來不過是二十出頭的年紀，實力卻比他還強，已經進入了武師中階巔峰了，過一段時間就會進入武師高階。

這樣的恐怖修煉速度真是可怕啊。

百里風瞇起了眼睛對著童天楓說道：「聽說，你一直都在找我？」

童天楓咬著牙說道：「沒錯，我一直在找你，我要擊敗你，證明你們無涯城所謂的天才都是廢物罷了。」

百里風微微一笑，他別過頭好奇地問道：「那你現在還這麼認為我們無涯城的天才都是廢物嗎？」

童天楓的眼裡第一次露出了猶豫之色，眼前的這個傢伙就是徹徹底底的天才啊。

實力不知道比自己要強多少，此刻氣勢也已經完全的壓過了自己。

童天楓根本不可能是百里風的對手啊。

童天楓仍然不服氣地說道：「我要和你一戰，只要你勝了我，那麼我就可以承認你就是無涯城最強的天才。」

百里風笑咪咪地說道：「整個無涯城都知道我是最強的天才，為什麼我還要得到你的證明呢？坦白了說吧，你算什麼東西，也敢妄自評我。」

百里風瞪了一下眼睛，氣勢釋放得更加的強大了，童天楓感覺到自己的身上好像有萬斤重的巨石壓在自己的身上一樣。

他的背正在一點一點的拱彎。

周圍的人看見這樣的場景之後，心裡就是一陣無比的暢快，能看見童天楓吃癟，他們自然是很高興。

這個狂妄的小子終於得到了他應該有的教訓了。

百里風淡淡地對著童天楓說道：「我可以給你一個跟我交手的機會。」

第三章

前往無極宗

童天楓聽到百里風的話之後，眼神裡出現了一絲的激動，跟他交手的機會，自己倒還真的想，看看自己和百里風到底差距在哪呢。

童天楓看著百里風出聲說道：「你此話當真嗎？真的願意讓我跟你交手？」

百里風微微一笑聳了聳肩說道：「那當然，我可不是那種仗勢欺人的人，堂堂正正的擊敗你，才能讓你心服口服。」

很快，百里風便收回了威壓在童天楓的壓迫，頓時後者感覺到了背上的巨大壓力突然便消失得無影無蹤了一般，輕鬆暢快。

百里風笑咪咪地看著童天楓說道：「來吧，還是說你需要時間準備一下？」

童天楓勾勒起了一絲的微笑，他往後撤了撤，做出了迎戰的姿態，眼裡的戰意早已經忍不住要滿溢出來一樣。

「來吧，讓我見識一下傳說中的無涯城第一天才到底是什麼樣的。」童天楓的身上的氣勢突然爆炸而起，怒氣直接上盤旋於天空。

百里風戲謔地看著童天楓，好像在看待一個小孩子犯中二病一樣。

「我姑且讓你三招，三招之後擊敗你，才能讓你心服口服。畢竟我的境界比你強呢，說出去也難聽。」

百里風的話好像一根針一樣扎進了童天楓的內心裡一樣，難受。

百里風伸出了手指朝著童天楓勾了勾滿滿的挑釁意味啊。

童天楓皺著眉頭，他的眉頭因為憤怒而上揚了不少。

「看不起誰呢？」童天楓憤怒的朝著百里風嘶吼道。

百里風無所謂的別了別頭，說道：「要想讓我看得起你，你首先也得先證明自己。」

童天楓一聽到這裡，心裡的憤怒已經忍不住了，他雙腿稍微的彎了一下，隨後便像脫韁的野馬一樣衝了過來。

百里風微微瞇起了眼睛，連忙後撤十幾步，而童天楓也緊追其後。

他們兩個人越退越原，正在逐漸的遠離百里家大門。

百里風突然便跳了起來，腳尖輕輕的點在童天楓的頭上，隨後便躲過了童天楓的攻擊。

百里風背對著童天楓，隨後慢慢的轉過了身戲謔地看著他伸出了一根手指。

「一招了。」

這話像極了精神層面上的暴擊，童天楓的眉頭微微一蹙，隨後他再一次準備了第二招攻擊。

「無極拳！」童天楓的雙拳突然爆發出了強大的氣勢，百里風驚訝了一下。

這無極拳竟然是玄階下級武技，不愧是無極宗的弟子，底蘊就是深厚。

童天楓帶著極大的威壓快速的威逼了過來。

「我看你這招要怎麼躲。」童天楓瘋狂地嘲笑道。

童天楓這招確實讓百里風有些難以應對。

百里風雙腳充滿武之氣，隨後便躍了起來，高高的躍上了天空。

沒想到，童天楓也跟著上來了。

百里風看著下面的童天楓不斷地逼近，眉頭之間的愁色更加嚴重。

童天楓冷笑了一下，這次你可跳不掉了，注定要被攻擊到的。

百里風連續在空中不斷地變化著身法，閃出了一道極其絢麗的光線。

太陽光猛烈的照射。

下面的人都一下子都震驚到了，百里風竟然用太陽光來反射來達到阻擋童天楓視線的效果。

童天楓感覺到一陣刺眼的光芒不斷地刺激著他的眼珠子。

太過於難受了，他不禁閉上了眼睛。

就是這一個分神的時刻，童天楓後知後覺的反應過來，他不禁頭皮發麻，自己怎麼可能會露出這樣的破綻呢，如果百里風藉著這個機會來擊殺童天楓的話，現在這個時候就是最好的機會啊。

但百里風露出了一絲戲謔地微笑，既然說好了要讓童天楓三招，那麼自然是不能食言了。

百里風便落了下來，轟然的落在了地上，地面傳來了一陣劇烈的顫抖。出現了一個兩個腳印的大坑。

當童天楓張開眼睛的時候，百里風已經消失在他的面前了。

童天楓收回了武技，從空中失重才緩緩地落了下來。

百里風豎起了兩根手指對著童天楓淡淡地說道：「已經讓你兩招了，最後一招，你可要努力點了，如果最後一招不能擊傷我的話，那麼你會很慘的。」

童天楓咬了咬牙，他從未感覺到戰鬥的壓力如此之大。

百里風別了別頭笑咪咪地看著童天楓。

隨後，童天楓再一次衝了上來。

「我不需要你讓我。」

這一次的攻擊很軟綿綿，沒有什麼速度，百里風很快便躲了過去。

他詫異的看著童天楓說道：「我本以為你最後一招會使出全部的底牌。你這招讓我有些驚訝啊。」

童天楓露出了一絲的苦澀微笑：「既然要打，那麼就要堂堂正正的打，既然我要輸，那麼我自然要輸個痛快。」

百里風對童天楓的行為感覺到有些驚訝：「沒想到，你比我想像中的還驕傲啊。」

童天楓臉上的青筋都已經突了起來，他整個人都進入了狂暴的狀態。

百里風稍微的抬起了頭，向童天楓勾了勾手，既然他求敗，那麼百里風就成全他吧。

童天楓便出鞘的長劍一般，朝著百里風掠了過來。

百里風雙手做出了起手勢。

百里風一掌轟在了童天楓的胸口。

力道剛剛好，不重不輕，卻正好能擊退童天楓。

童天楓踉踉蹌蹌的退了幾步，吐出了一口淤血。

其實百里風是在幫童天楓清理體內的淤血，他經歷的太久的戰鬥，就算能擊敗每一個人，但同時他體內的戰鬥負荷太過於重大，體內多少會有強烈戰鬥遺留下來的淤血。

童天楓驚訝地看著自己面前地面上的淤血，猛然地抬起了頭看著百里風。

這些天，他一直感覺胸口鬱悶，好像有異物堵住了他的胸口一樣，沒想到竟然是淤血。

而百里風，竟然幫他把淤血給打了出來。

「你你剛才是在幫我。」

百里風雙手負後笑咪咪地看著童天楓說道：「你體內的淤血越來越多，如果不及時的清理的話，日後恐怕會影響你的修為。」

聽完百里風的話之後，童天楓更加的驚訝了，百里風竟然真的這麼好心，而且情況也只真的像他說的這麼嚴重嗎？

百里風笑咪咪地抬起了手，大喝了一聲：「崩山掌！」

隨後他一掌便轟在了自己面前的地面上，那地面很快便出現了一個巨大的坑洞。

童天楓瞇起了眼睛，此刻他的眼裡充滿的只有無盡的驚訝。

他能認出來百里風的武技是黃階中級罷了，但能把黃階中級的武技使出高級的傷害，這樣的恐怖天賦確實應該能讓童天楓感覺到汗顏了。

百里風淡淡地看著童天楓說道：「怎麼樣？你服還是不服呢？」

這童天楓哪裡還敢不服啊，剛才百里風幫他清理體內的淤血，本應該就是一個巨大的人情了，大概都很難還清了。

剛才百里風又使出了那樣強大的實力，他想不服都難啊。

童天楓沒辦法，只能對著百里風低下了頭，放下了他身為天才的驕傲，向百里風折服。

「我服了。你的天賦確實比我還要強。況且你是我見過的同輩的人之中，最為出眾的人。」童天楓的話裡帶著很認真的意思。

百里風當然也不是想得到他的承認，畢竟他只是想完成任務罷了。

童天楓開口對著百里風說道：「我覺得無涯城這個小地方太過於限制你了，你應該去更加廣闊的天地。」

百里風勾起了一抹微笑，看來在這件事上所有人都是有深深的共識的。都是想讓百里風離開無涯城，去外面的世界闖蕩。

百里風心滿意足的點了點頭。

童天楓看向百里風眼神裡帶著一些激動。

「要不，你跟我回無極宗吧，它那樣的龐然大物肯定能保證你的修行的。」

百里冰不爽地站了出來。

「喂喂喂，你都輸了，還敢來我們這裡騙走百里風，還嫌挨打的不夠啊。」

百里風苦澀的搖了搖頭，這個百里冰，脾氣還真的是火爆。

童天楓滿眼鄙夷地看著百里冰說道：「你就是井底之蛙，難道還要讓百里風也像你們一樣，一輩子都待在無涯城當這個井底之蛙嗎？」

童天楓的話字字珠璣的刺到了百里冰的心裡。

她愣了愣，隨後眼神低落了垂了下來。

是啊，她的天賦不行，總不能讓百里風也落寞於無涯城吧。外面才是最適合百里風的。

童天楓看向百里風說道：「怎麼樣？百里風，你到底有沒有興趣跟我去無極宗。」

百里風淡淡地說道：「我有這個意思，但我要過幾天才能走，目前還有點事情。」

童天楓聽到百里風這話之後，才真正的放心了下來，他鬆了一口氣。

「叮！恭喜宿主完成任務，得到無極宗外門弟子邀請函。」

宿主：百里風

境界：武師中階巔峰、煉藥師二階（一百分之四十一）

生命值：九百
積分：六萬
功法：九轉歸元訣（第二層）
武器：小刀、長劍、一階藥鼎、一階丹方補血丹、無極掌套（黃階上級）、二階內核、玄階中級內甲天蠶寶甲
寵物：天雪狐
武技：崩山掌（大成）、巨熊神吟
任務：B級任務，守護百里家，解開無涯劫難。S級任務，恢復靈動戒。特殊任務擊敗童天楓

很快，百里風的手上便出現了一個黑色的邀請函，正印上面寫著一個大字——「無」。

這個就是無極宗的外門弟子邀請函，持有這個的武者就可以前往無極宗。

童天楓也看見了百里風手裡的邀請函之後，他瞪大起了眼睛，一臉驚訝，百里風怎麼會有無極宗的外門弟子邀請函呢？

要知道，這個可是很難搞的，雖然說童天楓要說服百里風前往無極宗，但他

也要花好大的代價才能得到外門弟子邀請函給百里風。

百里風微微一笑淡然地說道：「這個我撿到的。」

本來還一臉期待的童天楓看著百里風臉突然黑了下來，還有比這個更加扯淡的理由嗎？

說出去誰都不信。

要知道，無極宗的外門弟子邀請函就算要放在拍賣所拍賣的話，那怎麼說也是要一萬兩銀子以上的，而且還是上不封頂。

秦明帝國西南最大的宗門，當能值得這個價位了。

百里風別了別頭，淡淡地說道：「我真的是撿到的。」

看著百里風一臉的真誠，童天楓的心裡也發寒了，難道說這個傢伙的運氣真的這麼好，這都能撿到無極宗的邀請函。

運氣也太好了吧。

百里風用手刮了刮鼻子，這個理由確實挺蹩腳的，但百里風總也不能他們說這個無極宗外門邀請函是系統給他的吧。

百里風強行擠出了一絲的微笑，童天楓聳了聳肩淡淡地對百里風說道：「我師父給我的任務就是來無涯城打趴所有的天才，但既然你已經出現了，那就說明我的任務失敗了，我也只能無奈地回到無極宗了。」

百里冰撇著嘴巴好像還是一臉不爽的樣子。

「快走快走，無涯城不歡迎你。」

童天楓沒有把百里冰的話放在心上，他看著百里風淡淡地開口說道：「我在無極宗等你，希望到時候你的到來能將無極宗掀起一番風雲。」

百里風也稍微的抬起了頭看著童天楓，稍微的點了點頭說道：「我會的，到時候我可是會把你們無極宗所有的天才都一一挑戰，希望你們無極宗不會讓我失望吧。」

童天楓撲哧的笑了一下。

「我在無極宗內門裡，天賦只能算是中上等吧，比我更強的比比皆是呢，希望你能給平靜的水面來一次腥風血雨的洗禮吧。」

童天楓說道之後抬起了頭看了一眼天空。「我該走了，我在無極宗等你。」說完之後，童天楓轉身便走了，沒有多說一句話。

「叮！宿主激發任務，前往無極宗！」

宿主：百里風

境界：武師中階巔峰、煉藥師二階（一百分之四十一）
生命值：九百
積分：六萬
功法：九轉歸元訣（第二層）
武器：小刀、長劍、一階藥鼎、一階丹方補血丹、無極掌套（黃階上級）、二階內核、玄階中級內甲天蠶寶甲
寵物：天雪狐
武技：崩山掌（大成）、巨熊神吟
任務：B級任務，守護百里家，解開無涯劫難。S級任務，恢復靈動戒。D級任務，前往無極宗

百里風看著童天楓遠去的背影長嘆了一口氣，同時百里風的眼裡又激起了一絲的激動神色，如果童天楓說的都是真的話，那麼無極宗真的讓百里風有些嚮往了。

更加強大的天才在那裡等著百里風去挑戰呢。

百里風此刻的心裡滋生出了萬丈的豪邁之情。

無極宗等著我吧，我百里風會去的。

此刻，百里欒的身影突然從大門裡走了出來，輕輕的呼喚了一聲。

「風兒。」

百里風轉過頭看過去，挑了挑眉頭說道：「父親，有什麼事情嗎？」

百里欒神祕兮兮地朝著百里風招了招手，示意他過來。

百里風帶著疑惑走了過去，來到了百里欒的面前。

「古老有事情找你。」百里欒淡淡地對著百里風說道。

百里風心裡一驚，古老找自己？還是單獨，看來古老確實有事情要交代給百里風啊，難道說是當初要給百里風的大機遇不成？

百里風無奈地拍了拍腦袋，與其在這裡瞎猜，倒不如去百里家閣樓看看古老到底找自己幹什麼呢。

百里風掠過了百里欒，直接前往了百里家閣樓。

百里家閣樓外。百里風已經來到了大門之外。

「晚輩百里風，在此拜見古老。」

百里風的聲音激盪了開來。很快，這個天地就剩下他的聲音在響徹著。

過了好一會，還是沒有動靜，這不禁讓百里風感覺到有些疑惑了，古老去哪了？

很快，百里家閣樓的大門緩緩地打開了。

古老的身影從裡面緩緩地從裡面走了出來，百里風看見古老好像跟以前有些不一樣了。

他的氣勢變得更加強悍了。

百里風瞇起了眼睛，他看出來了，古老的真正實力。

武宗巔峰？

這麼強。

按理說古老的實力比他強，百里風應該察覺不了他的實力才對，但此刻百里風確確實實的感受到了古老的武宗巔峰的實力。

那氣勢，古老每走一步，百里風的內心就顫抖一下。

到後面，百里風的心跳，竟然在隨著古老的腳步聲頻率而跳動。

百里風根本不敢說話，只能瞪大著眼睛，死死的看著古老。

古老微微一笑。

「小子，怎麼樣？沒有被嚇到。」

百里風抿了抿嘴，點了點頭說道：「你的實力變強了。」

古老欣慰地笑了笑說道：「解開了一些之前的心結，我的實力正在逐漸的恢復。」

此刻百里風突然有些好奇了起來，他小心翼翼地問古老說道：「能告訴我一下，您真正的實力嗎？」

古老稍微的抬起了頭，帶著自信的笑容淡淡地說道：「姑且就告訴你吧，我原本的真正實力戰靈高階強者。」

戰靈高階！

百里風直接瞪大起了眼睛，那不是和無極宗的宗主一樣層次的存在了。

百里風張大嘴巴，太過於震驚了。

古老緩緩地抬起了手，放在了百里風的肩膀上。

「不用吃驚，我已經老了，實力很難在進一步了，你還年輕，有無限的可能，日後別說戰靈了，就算更上一步的戰皇你也是有可能觸摸到的。」

百里風的眼裡激射出了一道光芒，戰皇強者嗎？

百里風抿了抿嘴，目前他還只是一個小小的武師罷了，實力在無涯城來說姑且還算是強悍吧，但要放在大陸上的任何一個勢力，那麼就只能算是中下等的罷了。

就連童天楓一個無極宗內門中上等的弟子都可以打穿整個無涯城的年輕一輩，別說比童天楓更加強悍的天才了。

他的未來還有無限的可能，只要不斷地努力，那百里風就可以超越他們，踏上大陸的巔峰。

古老看著百里風充滿鬥志的樣子，好像看到了當初的自己一樣，他對著百里風說道：「我之前跟你說過了，我走的時候會送你一個大機遇，看來我要實現自己的諾言了。」

百里風的心裡稍微一驚，他在意的不是大機遇，而是古老的離開。

「您這麼快就要走了？」百里風吃驚地說道。

古老微微一笑說道：「是時候去處理一些事情了，總不能一直逃避下去，也不是個辦法，只要按照你現在的趨勢發展，那麼總有一天我們會遇見的，甚至我還會仰望你。」

百里風苦澀的笑了一聲，未來的事情，誰也不知道啊。

古老的掌心裡出現了一道異樣的光芒，隨後他將光芒打入了百里風的體內。

百里風驚訝地看著古老。

古老哈哈大笑說道：「放心，那個對你沒有害處，是我的一些修煉感悟，等你進入了武宗之後，這個感悟就會湧現在你的腦海，這樣武宗這個境界你就會少走一些彎路。」

「這樣跟你說吧，你從武宗初階到武宗巔峰需要一年的話，那麼我這個修煉感悟可以讓這個時間減少一半。」

百里風眼前一亮，這感情好啊，百里風雙手作揖道謝。

古老擺了擺手，隨後在緩緩地從衣服裡拿出了一本古籍。

「這個是玄階中級武技，應該會適合你，你看看。」

百里風激動一笑，玄階中級武技，太好了，他正缺這個呢。

他目前玄階中級只有巨熊神吟，但那個是對於身體氣勢的增幅，如果古老送的這個是攻擊類的武技的話，那和巨熊神吟相互的配合，簡直就是如虎添翼啊。

百里風小心翼翼的接過了古老的武技。

古籍上面寫著三個大字。「太極拳！」

百里風頓時一聽，怎麼感覺這麼熟悉啊，這不是前世地球才有的太極拳嗎？

他翻開了古籍，隨後內容不斷地映入了百里風的腦海裡。

很快，他不斷地翻閱著，僅僅半炷香的時間就已經看完了。

「叮！恭喜宿主習得新的功法，玄階中級武技太極拳。」

宿主：百里風
境界：武師中階巔峰、煉藥師二階（一百分之四十一）
生命值：九百
積分：六萬
功法：九轉歸元訣（第二層）
武器：小刀、長劍、一階藥鼎、一階丹方補血丹、無極掌套（黃階上級）、二階內核、玄階中級內甲天蠶寶甲
寵物：天雪狐
武技：崩山掌（大成）、巨熊神吟、玄階中級武技太極拳
任務：B級任務，守護百里家，解開無涯劫難。S級任務，恢復靈動戒。D級任務，前往無極宗

第四章

日後的保障

百里風的腦海裡一下子便出現了對太極拳的一切領悟力，他感覺自己的腦海裡的一切都清明了一般，好像能看清許多事物的內在一樣。

太極拳，以柔克剛嗎？

百里風緩緩地做出了起手式，無風自起，已經開始緩緩地舞動了起來，風隨著百里風的身體擺動的流動。

他的速度極其的緩慢，好像一個年邁的老人一樣，右拳追著左拳。雙手左右互搏一樣。

古老的眼裡帶著驚訝，沒想到百里風才剛開始學習太極拳，便已經領悟得如此的透徹，這不禁讓古老對百里風有些驚訝啊。

百里風閉上了眼睛，緩緩地深吸了一口氣，然後對著遠處的大樹憑空轟擊了一下拳頭。

一道強勁的掌力從百里風的實力湧了出來，快速的擊中了那粗壯的大樹。

那棵大樹好像被人狠狠的擊中了一樣，快速的顫抖了一下，許多的樹葉慢慢的從上面飄落了下來。

古老滿意的點了點頭，摸了摸長鬚說道：「不錯，小子，你的天賦實在是太讓我驚訝了，才僅僅接觸太極拳不久，便已經進入了大成了嗎？」

古老的話帶著濃濃的震驚。

「叮！恭喜宿主成功施展太極拳，修煉即大成。」

宿主：百里風
境界：武師中階巔峰、煉藥師二階（一百分之四十一）
生命值：九百
積分：六萬
功法：九轉歸元訣（第二層）
武器：小刀、長劍、一階藥鼎、一階丹方補血丹、無極掌套（黃階上級）、二階內核、玄階中級內甲天蠶寶甲
寵物：天雪狐
武技：崩山掌（大成）、巨熊神吟、玄階中級武技太極拳（大成）
任務：B級任務，守護百里家，解開無涯劫難。S級任務，恢復靈動戒。D級任務，前往無極宗

百里風看著系統的個人介面，滿意的點了點頭。

有系統這個妖孽的存在，修煉武技即大成，百里風想不變強都難。到時候他可以囊括整個天楓大陸的所有武技，步步登天。

百里風收回了雙手，作收功勢，將雙手緩緩地從上方往下壓了下來。

古老看見百里風成功的收功了之後，滿意的點了點頭。

「小子，能看見你有這樣的悟性，我也放心地走了，希望再一次見到你的那天，你會給我無比的驚訝。」古老欣慰的看著百里風。

此刻，看見古老要走了，百里風的心裡突然湧起了一絲無盡的落寞一般。

他雙手作揖對著古老恭敬地說道：「這陣子以來，感謝您的照顧，如果沒有您的話，也許我可能活不到今天。」

古老當然知道百里風的話是什麼意思了，他是在指明之前在黑風寨的時候，古老出手拯救百里風的那一次。

古老滿意的點了點頭，伸出了手再一次拍了拍百里風的肩膀。

「我走了。」

說完之後，古老轉過身，竟然化成了一道殘影，緊接著，他的身影開始變得虛幻了起來，不斷地變化著。

在一陣眼花繚亂之下，古老就這樣消失在了百里風的真正視線裡，沒有留下一絲的蹤跡。

百里風看見古老走了之後，感覺心裡空落落的，他無奈地嘆了一口氣，天下沒有不散的筵席。

不過書上還說了，人生何處不相逢。希望再一次遇見古老的時候，百里風能夠真正的獨當一面。

「風兒。」百里欒的聲音從百里風的身後傳來。

百里風轉過了身，看見了一臉笑容的百里欒。

「父親！」

百里欒來到了百里風的身邊，他看向百里家閣樓，好像已經猜到了什麼一樣，無奈地嘆了一口氣，淡淡地說道：「古老，他已經走了是嗎？」

百里風抿了抿嘴，淡淡地點了點頭說道：「不錯，他已經走了，他走之前還給我了一份大機遇。」

百里欒的心裡突然好奇了起來，他驚訝地看著百里風說道：「大機遇？我倒是好奇到底是什麼大機遇呢？」

百里風苦澀的笑了一聲，他緩緩地抬起了手，武之氣竟然在他的掌心逐漸的凝聚然後旋轉成了一道黑色的太極圖。

百里欒感受到了這一招的奧祕，他驚訝地張開了嘴巴，吃驚的看著百里風說道：「這一招實力這麼強悍，是玄階武技嗎？」

百里欒一下子便猜中了這個武技的等級。

百里風沒有否認，他淡淡地點了點頭說道：「不錯，這個正是玄階武技，是古老傳授給我的。」

百里欒看向百里風的眼神，帶著深意。他語重心長地說道：「風兒，看來古老對你寄於了很大的厚望啊。」

百里風笑著抿了抿嘴，他自然是能感覺得出來古老對他的期望了。所以他更加不能辜負了古老。

百里風堅定的看著百里欒說道：「父親，我要走了，去無極宗，那裡才是更加適合我的天地。」

百里欒滿意的看著自己的兒子，他點了點頭。

「你終於下定決心了，那麼我這個父親也沒有什麼好阻攔你的。只要你想，那麼我將全力支持你。」

「去吧，去更加廣闊的天地翱翔，你總歸會成為天上的天龍。」

百里風後撤了一步，緊接著便對百里欒深深的作揖說道：「父親，我可能要很久才回來，不過我會在三百年劫難之前趕回來的，無涯城由我拯救。」

百里欒欣慰的露出了一絲的笑容，這個的兒子很爭氣，不是嗎？

百里欒緩緩地抬起了手對著百里風揮了揮，眼裡隱隱約約有淚光閃爍，「去吧！」

百里風心裡好像無形的加重了一道大石頭一般，他堅定的點了點頭，隨後便離開了原地。

剩下百里欒一個人站在原地，風百里百里瑟，他的背影顯得格外的落寞，百里欒無奈地嘆了一口氣，他看向天空，露出了一絲的苦澀微笑。

百里風同時也前往百里冰和百里天德的住處，跟他們兩人進行了告別。

他們同時也是露出了不捨的感情。但不能阻止百里風。

百里風去更加廣闊的地方發展，他們應該高興才是。

百里風走出了百里家的大門外，一臉的惆悵。

現在應該去丹閣告別一下自己的師傅了，隨後百里風一臉輕鬆的朝著無涯城的丹閣走去。

很快，他便來到了丹閣。

百里風站在丹閣的大門外，緩緩地抬起了頭，看向頂層的閣樓，相信此刻丹鎮，自己的師傅應該還在上面吧。

百里風邁著沉重的腳步，慢慢的朝著裡面走了進去。

丹閣的第一層還是人來人往的交易坊市，看見百里風進來之後，那些交易的武者都紛紛停留了下來，對著百里風打招呼。

畢竟百里風可是無涯城炙手可熱的新星。

對於那些武者的熱情，百里風也是同樣報以微笑的點了點頭，很快劉斯年便出現在了他的面前。

「少主！」劉斯年恭敬地低下了頭。

「師傅在樓上嗎？」百里風好奇地問道。

劉斯年堅定的點了點頭：「閣主在頂層閣樓等您好久了。」

百里風眉頭一挑，看來丹鎮知道自己已經要離開了，知道自己是來向他告別的嗎！

劉斯年做出了一個請的手勢，百里風恩了一聲，便繼續地走上了臺階。

他緩緩地朝著頂層的閣樓走去。

終於，在劉斯年的帶領之下，百里風終於來到了丹閣的最頂層。

劉斯年還是很興趣的站在門外，沒有要進去的意思，百里風也沒有多見怪，他直接一下子便推開了門，走了進去。

丹鎮雙手負後，站在陽臺處，看著無涯城的風景。

「師傅！」百里風輕聲的呼喚道。

丹鎮的身體動了動，他知道百里風來了，很快他便轉過了身，一臉笑意的看著百里風。

「風兒，你終於來了。」

隨後丹鎮朝著劉斯年揮了揮手示意他可以先退下去了。

劉斯年低頭恭恭敬敬的退了下去。

「師傅，我此行是來向你告別的。」百里風率先開口說道。

沒想到，丹鎮聽到之後，沒有一絲驚訝地表現。

他輕輕的嗯了一下，繼續說道：「我知道你總有一天要走的，無涯城只會限制你的發展罷了，你應該去更加廣闊的天地成長。」

百里風點了點頭繼續說道：「無極宗，我下一站的目的地就是無極宗。」

丹鎮聽見之後，倒是有些驚訝。

「你的修為好像已經進入了武師中階巔峰了！」

百里風微微一笑，他絲毫不掩飾眼裡的驕傲。

「此行天啟山脈得到了一些機遇，自然就進入了武師中階巔峰。」

「哈哈哈，不錯，不錯，真不愧是我的弟子。」丹鎮哈哈大笑了起來。

丹鎮收回了笑容又繼續說道：「你之所以去無極宗，是因為童天楓嗎？」

百里風想了想，搖了搖頭。

「是也不是，不過眼下無極宗確實是我目前最好的選擇不是嗎？」

丹鎮想了想，同意的點了點頭。

「確實，目前無極宗距離無涯城也不遠，又是整個秦明帝國西南地區第一宗門，去那裡發展，確實對你最為有利。」

百里風拿出了無極宗外門弟子的邀請函在丹鎮的面前晃了晃繼續說道：「弟子已經得到了無極宗外門邀請函了，今天就要啟程了。」

丹鎮的眼裡出現了一絲的落寞。

他看著百里風說道：「這麼快就要走了嗎？」

百里風也露出了一絲的無奈。「沒有辦法。」

丹鎮無奈地嘆了一口氣，他知道百里風多留在無涯城一天，對他的發展就是越為不利罷了。還不如趁早去無極宗，這樣還能更好的得到發展。

百里風雙手作揖說道：「一年之後的三百年無涯城劫難，我會回來的，到時候我的修為將會比此刻更加的強悍，無涯城的未來由我守護。」

丹鎮聽到百里風說出這樣的話之後，他滿意的點了點頭。

「你能有這樣的覺悟自然是最好的。」

丹鎮又繼續說道：「當了你這麼久的師傅，沒有真正的送你一些禮物，我這個師傅確實不夠格。」

百里風搖了搖頭微笑說道：「師傅，您做的已經很好了。」

丹鎮沒有說話，只是從衣袍裡丟出了一顆黑色的盒子。

百里風接了過來，好奇的打開了那黑色的盒子，隨後裡面爆發出來磅礴的武之氣，讓百里風一下子都驚訝住了，他吃驚地看著丹鎮，張大著嘴巴。

丹鎮笑了笑說道：「沒有什麼好吃驚的，這個是三階丹藥，名為一氣丹，吃下這個丹藥之後，在危險的時刻，你可以短暫的提升一個大境界，而且沒有後遺症。」

聽到這樣的話之後，百里風一下子便震驚住了，沒有任何的後遺症，那不是比狂血丹還厲害。

百里風聽完之後，小心翼翼的將那盒黑色三階丹藥一氣丹收進了系統的儲物空間裡。

隨後百里風笑咪咪地看著丹鎮說道：「師傅，還有沒有什麼好東西，乾脆一下子全部都拿出來唄。」

丹鎮沒好氣的瞪了百里風一眼說道：「你這個臭小子，真把我當成冤大頭了啊。」

隨後丹鎮努了努嘴，又從衣袍裡拿出一枚黑色的令牌，上面寫著一個藥字。

百里風好奇地問道：「師傅，這個是什麼？」

丹鎮仔細的給百里風解釋道：「這個是每一個城池丹閣閣主的令牌，擁有了這個令牌之後，你去到的每一個城池的丹閣，都會受到貴賓級別的待遇。」

百里風一聽，眼睛一下子都雪亮雪亮的，丹鎮要給的好東西也太多了吧。

百里風連忙向丹鎮招著手說道：「師傅，快快快，還有沒有什麼好東西。」

百里風接中了丹鎮丟過來的那黑色的令牌，簡直就是滿意得不能在滿意了。

很快，他查看了一下系統的個人介面，那詳細的數據便出現在了百里風的面前。

宿主：百里風

境界：武師中階巔峰、煉藥師二階（一百分之四十一）

生命值：九百
積分：六萬
功法：九轉歸元訣（第二層）
武器：小刀、長劍、一階藥鼎、一階丹方補血丹、無極掌套（黃階上級）、二階內核、玄階中級內甲天蠶寶甲、丹閣令牌、三階一氣丹
寵物：天雪狐
武技：崩山掌（大成）、巨熊神吟、玄階中級武技太極拳
任務：B級任務，守護百里家，解開無涯劫難。S級任務，恢復靈動戒。D級任務，前往無極宗

看著丹鎮給的寶物，百里風很滿意的點了點頭，這些就是日後的保障啊。

隨後百里風又笑咪咪地看著丹鎮說道：「那師傅，你還有沒有什麼好東西，乾脆一下子全部給我算了，反正放在你那也是浪費。」

丹鎮一聽，馬上的怒瞪了一眼百里風說道：「臭小子，胡說什麼呢？給你的東西不想要了是嗎？我可以收回來。」

百里風一聽，這哪成啊，他連忙搖了搖頭說道：「算了算了，我覺得這些東

西還是我好好的幫你保管比較好。」

對於百里風的無賴行為，丹鎮也是無奈地搖了搖頭。

他看向百里風繼續說道：「我這裡倒是有一個三階的丹方，給你算了。」

隨後，一道古舊的紙張從丹鎮的衣袍裡飛了出來，落到了百里風的手心裡，很快，系統的聲音便響了起來。

「叮！恭喜宿主得到一個三階丹方，一氣丹方，煉藥師經驗值加十。」

宿主：百里風

境界：武師中階巔峰、煉藥師二階（一百分之五十一）

生命值：九百

積分：六萬

功法：九轉歸元訣（第二層）

武器：小刀、長劍、一階藥鼎、一階丹方補血丹、無極掌套（黃階上級）、二階內核、玄階中級內甲天蠶寶甲、丹閣令牌、三階一氣丹，三階一氣丹丹方

寵物：天雪狐

武技：崩山掌（大成）、巨熊神吟、玄階中級武技太極拳

任務：B級任務，守護百里家，解開無涯劫難。S級任務，恢復靈動戒。D級任務，前往無極宗

百里風深吸了一口冷氣，他沒有想到，得到三階丹方竟然還能夠使自己的煉藥師等級上升，這簡直就是妥妥的BUG啊。

看見百里風露出了陰險的笑容，丹鎮的心裡便有些發寒了，真的不知道給了這傢伙這麼多東西是好還是壞。

丹鎮隨後朝著百里風擺了擺手說道：「你趕緊走吧，不要在我的面前閒晃，一看見你我就煩。」

百里風無奈地聳了聳肩，笑咪咪地點了點頭說道：「好嘞。那師傅你好生的休息，我就先走啦。」

說完之後，百里風便火急火燎的跑了。

丹鎮對於百里風的雷霆速度，他有些發愣，隨後苦澀的搖了搖頭說道：「這個臭小子，還真的是說走就走，也不懂陪陪我。」

劉斯年笑咪咪地從外面走了進來。

「閣主既然不捨得少主，那麼就應該多留他一會嘛！」

丹鎮走到了陽臺的護欄邊，一眼便看完了無涯城，他嘆了一口氣。

「罷了、罷了，雛鷹終歸還是要飛翔，挽留他也沒有意義，讓他去吧。」劉斯年的頭放得很低。

百里風走出了丹閣之後，門外的司空合便已經等待百里風很久了。

看見百里風出來之後，司空合便笑著走了上去。

「百里風？沒想到才幾天不見，你的修為又精進了，比我還強了，還真的是讓我有些汗顏啊。」司空合落寞地說道。

百里風對司空合的出現有些驚訝，他好奇地問道：「司空供奉，您在這裡幹什麼呢？」

司空合淡淡地說道：「我來這裡當然是為了等你，城主要見你，跟我走吧。」

百里風疑惑地瞇起了眼睛，鍾成找自己？這個時候找自己能有什麼事情。

「城主找我幹什麼？」百里風疑惑地問道。

司空合無奈地搖了搖頭說道：「我也不知道城主找你的原因，總之你去之後就會知道了。」

百里風就這樣不明所以的被司空合帶到了城主府。

進到大殿裡，鍾成便面帶笑容的迎了上來。

「百里風，能看見你從天啟山脈回來，太好了。」

百里風冷冷的嗯了一聲，當初鍾成以無涯城的存亡來逼迫百里風前往天啟山脈，九死一生，要不是他命大，說不定就真的回不來了。

鍾成看著百里風冷漠的樣子，無奈地刮了刮鼻子，他當然知道百里風心裡對他有些不滿了，但沒有辦法，之前他確實迫不得已。

「還在為之前的事情生氣嗎？」

百里風勾起了一抹冷笑，淡淡地說道：「我怎麼敢生無涯城主的氣啊。」

鍾成繼續說道：「我聽說你打敗了童天楓，真的是給我們無涯城長臉了。」

百里風冷漠地說道：「還有什麼事情嗎？如果沒有的話，我就要走了。」

鍾成嗯了一聲。

「我都聽說了，你要離開無涯城，前往無極宗了嗎？」

百里風挑了挑眉頭。

鍾成拍了拍胸脯說道：「我一會帶著人在門口舉行一場盛大的歡送會的。」

百里風一聽連忙搖了搖頭，他可不是這樣高調的人。

「算了算了，這樣子太過於張揚了，我不喜歡。」百里風連忙拒絕說道。

鍾成無奈地聳了聳肩：「好吧，既然你不喜歡，那麼歡送會就算了吧。」

聽見這樣的話之後，百里風才真正的鬆了一口氣。

鍾成看著百里風說道：「無涯城的未來寄託在你的身上了，一年之後，你可真的一定要回來。」

百里風的眼裡也露出了前所未有的堅定，他點了點頭淡淡地說道：「我會的，無涯城就是我的家鄉，我不會眼睜睜的看著它被魔獸屠戮的。」

聽到這樣的話之後，鍾成才滿意的點了點頭，從百里風進來的時候，他就已經發現了百里風是武師中階巔峰的修為了。

他的內心自然是無比的震驚，只要百里風以這樣的速度修煉下去，完全有可能在一年之後無涯城劫難來臨之際成為武宗高階強者。

到時候的妖王根本不足為患了。

百里風心想可不能繼續在城主府逗留了，他還有一些事情要囑咐呢。

「城主，要是沒有什麼事情的話，我就要先走了。」百里風嚴肅地說道。

鍾成尷尬的愣了愣，隨後哈哈大笑了起來。看來百里風確實有事情要辦啊。

「好，如果你有急事的話，那麼我就不留你了，你快去辦吧。」

百里風輕輕的嗯了一聲，便離開了城主府。

出了城主府之後，他最後要去的是藍楓冒險團了。

也不知道野原野塵那兩個傢伙把事情處理的怎麼樣了，希望沒有讓百里風失望吧。

百里風緩緩地向著藍楓冒險團的總部前去。

很快，他就已經來到了藍楓冒險團的大門之外。

第五章

微微一笑

百里風看著金碧輝煌的藍楓冒險團的大門不禁滿意的點了點頭，看來這陣子百里家和城主府都給了藍楓冒險團很大的扶植，不然也不可能一夜之前不斷地崛起成這樣。

他邁出了腳步，一點一點的朝著藍楓冒險團大門裡面走去。

著實是讓百里風在驚訝了一下，門口的守衛都是武者中階了，沒想到野原這手筆可以啊。

「站住！什麼人。」那兩名守衛攔住了百里風，怒瞪著他。

成為藍楓冒險團的大門守衛之後，他們好像隱隱約約有了一種不同於常人的優越感，總是以高高在上的目光看待其他人。

百里風雙眼微瞇，怎麼此刻他感覺到劇本是如此的熟悉呢。

他強擠出了一絲的微笑，說道：「我是來見你們的兩位團長野原野塵的。」

由於那兩名武者中階的守衛感受不到百里風武師中階巔峰的實力，還以為百里風是一個實實在在的普通人罷了。

就算百里風揚名於整個無涯城，但也不是所有人都能認識他，恰巧這兩個傢伙就撞上了。

他們兩個怒視著百里風，寸步不讓。

百里風露出了一絲苦澀的微笑，無奈地說道：「我真的認識你們的團長，麻煩你叫他們兩個出來吧。」

這話一聽，那兩個守衛就更加的不舒服了。

「你算什麼東西，也敢叫我們的團長親自出來見你，找死嗎？」那名守衛直接開口呵斥百里風。

百里風愣了愣，他今天很低調，不想引起太多人的注意力，所以他只能無奈地對那兩名守衛說道：「那我應該要怎麼做呢？」

那名守衛高高在上的瞥了百里風一眼，不屑的冷笑了一聲，繼續說道：「在這等著，我們團長日理萬機，不是你想見就能見的，等他空閒出時間來就可以見你了。」

百里風不禁感覺有些好笑，合著野原和野塵那兩個傢伙架子挺大的啊，要讓百里風在外面等著。

不過百里風可沒有時間跟這兩個傢伙耗了。當他正準備要強闖進去的時候。那兩個守衛看見了身後來了一名年輕男子。

他們兩個馬上肅立了起來，眼睛都不敢眨一下。

「黎管事！」

黎明瞥了一眼兩個守衛嗯了一聲，正準備要進去的時候，卻發現了百里風的身影。

「你是？」黎明好奇的開口問道。

守衛搶先開口解釋道：「是這樣的黎管事，他想見團長，但卻沒有邀請函，所以我們沒有讓他進去。」

黎明瞇起了眼睛，仔細的打量著百里風，好奇的開口問道：「我看你有些熟悉啊，你叫什麼名字。」

「百里風！」百里風挑著眉頭。

「哈哈哈哈！」黎明聽到後哈哈大笑了起來，他戲謔地看著百里風。

「你叫百里風？你在搞笑嗎？我還是鍾成呢，哪來的騙子，趕緊給我滾。」黎明怒斥著百里風。

百里風無奈地扶了扶頭，他對著黎明，解釋說道：「我真的是百里風，如假包換。」

黎明打量起了百里風，竟然察覺不出來他的真正實力，這樣的情況只有兩種可能。

一種可能就是百里風是普通人，所以黎明從他的身上根本沒有察覺武之氣的波動。

但還有另外一種可能，就是他是比自己還要強悍的武者，所以自己才能察覺不出來。

可黎明自認為已經是武者高階了，整個無涯城的年輕人還有誰的修為是讓他察覺不出來的呢？除了被冠以無涯城年輕一輩丹道武道扛鼎之人的百里風。

此刻，黎明的心裡也有些發寒了，不知道該怎麼認定百里風到底是真是假。

隨後，看來也只能請示一下自己的團長了。

「麻煩你在這裡等著，我去找團長。」說完之後，黎明便慌慌忙忙地走了進去。

那兩名守衛的臉上也閃過了一絲的驚訝，看著黎明剛才認真的樣子，似乎這個人來頭不小。

他們兩個又想起了百里風剛才說的話。

隨後那兩名守衛突然瞪大了眼睛，剛才這個小子說自己是百里風？

怎麼可能啊！

他們兩個以窺探的目光不斷地掃視著百里風的全身上下，百里風感覺到了異常的不舒服，不過還是沒有表現出來。

他強擠出了一絲的微笑。

隨後那兩名守衛如獲大赦，哈哈大笑了起來，說道：「你一定是假的，竟然敢冒充百里風的名頭來藍楓冒險團行騙，你不知道我們團長跟百里風有著千絲萬縷的關係嗎？」

百里風沒好氣的笑道：「我好像來這裡也沒有坑你們什麼啊，怎麼就能隨便說我行騙呢！」

那名守衛晃了晃腦袋鄙夷地看著百里風，說道：「騙吃騙喝的，我可是見得多了。」

百里風愣了愣，沒想到眼前的這兩個傢伙竟然把自己當成了騙吃騙喝的乞丐，自己看起來是那樣的人嗎？

百里風無奈地搖了搖頭，現在看來只能等黎明出來了。

在等待的時間了，那兩名守衛一直出言嘲諷著百里風。

等了一會之後，黎明這才火急火燎的從大門裡面走了出來。

與此同時的是緊跟在後面的野塵和野原。

看著這樣的陣勢，那兩名守衛也有些驚慌的張大了嘴巴，不可置信著。

兩位團長都驚動了，怎麼可能呢。

他們揉了揉眼睛，看清了眼前的景象之後才真正的相信了。

眼前的這個傢伙該不會真的是百里風吧。

他們兩個的心裡不禁滋生出了一股絕望的心情，招惹到不該招惹的人了。

野塵和野原看見百里風之後，兩人連忙拱手作揖便拜了下來。

「百里大哥。」此刻他們已經沒有了高高在上的團長姿態，有的也只有無比的崇拜。

百里風笑了一下。

「趕緊起來吧，整那些虛的東西幹什麼。」

那兩名守衛看見自己的團長對面前的年輕人如此的恭敬之後，他們兩個也不是傻子，自然是能猜出來百里風的真正身分了。

百里風的威名和凶名在無涯城可是赫赫有名的。

他們兩個的腦海裡似乎已經看見了自己慘死的樣子了。

那兩名守衛的身體開始顫顫巍巍的顫抖了起來，不知道該怎麼辦才好。

百里風微微一笑，也沒有要怪罪兩個人的意思。

百里風看著野原野塵淡淡地說道：「行啊，你們兩個，這麼久沒有見了，沒想到已經把藍楓冒險團發展成這樣了。」

野塵和野原不約而同的露出了一絲靦腆的微笑，儘管他們在人前保持著高高在上的姿態，給人一種不可靠近的姿態，但在百里風的面前，他們始終是一個懵懂的兩個少年罷了。

野原突然抬起了頭神采奕奕的看著百里風驚奇地說道：「百里風大哥，今天你怎麼會來我們這呢？」

因為百里風確實很少來藍楓冒險團。

不然這個門口的守衛也不會不認識百里風。

百里風深深的呼了一口氣對著野原和野塵說道：「我要走了！」

百里風這話一出，直接讓他們兩個人給驚訝住了，他們紛紛吃驚的看著百里風。

野原率先開口說道：「百里風大哥，你要去哪？是要離開無涯城了嗎？」

百里風略帶深意的輕輕嗯了一聲繼續說道：「我到底不屬於無涯城，無涯城只會限制我的發展，外面的舞臺才是適合我。」

兩兄弟的眼神突然黯淡了下來，無奈地搖了搖頭，他們知道以百里風的天賦，無涯城留不住他的，遲早是要衝出無涯城。只不過沒想到這一天來這麼快。

百里風眨了眨眼睛說道：「我有很重要的事情要囑咐你們。」

一聽到百里風有很嚴肅的事情要說之後，他們紛紛豎起了耳朵仔細的聽了起來。

「無涯城一年之後會有無比巨大的劫難，在那個劫難到來的時候，我希望你們兩個可以全力發展藍楓冒險團，城主府丹閣百里家那邊我會跟他們打招呼的，他們會全力支持藍楓冒險團的發展的。希望你們兩個不要讓我失望。」

無比巨大的劫難。

一聽到這樣的話之後，野塵野原兩兄弟也張大了嘴巴驚訝了起來。

隨後百里風看了一眼頭頂上方仍然明媚的天空，無奈地嘆了一口氣，一年之後無涯城會變成血色的地獄，希望到那個時候百里風能有能力拯救無涯城的十萬民眾吧。

「百里大哥，你要去哪裡歷練呢？」野原好奇地問道。

「無極宗！」百里風挺直了一下身板說道，「那裡天才更多，才會更加激勵我的前進。」

野原聽見無極宗的名號之後，眼神也是稍微的驚訝了一下，好像前陣子名動無涯城的童天楓就是來自無極宗的。

他們兩個帶著敬佩的目光看著百里風，能去秦明帝國西南最大宗門成為一名弟子，在他們的眼裡看來，就是很強悍。

「百里大哥，會去多久？」野塵好奇問道。

百里風挑了挑眉頭淡淡地說道：「一年之後我會重新回答無涯城，到時候我可希望見到一個不一樣的藍楓冒險團呢。」

野原和野塵二人同時低頭恭敬的對著百里風說道：「百里大哥放心吧，我們會記住你的吩咐，將藍楓冒險團發揚光大的，到時候藍楓冒險團一定可以成為整個無涯城僅此於三大世家的勢力。」

能聽到這樣的承諾，百里風還是很欣慰的。

百里風在一次吩咐了幾句下去之後，便已經一個人來到了城門處，最後他重新的回頭看了一眼高大的城門，心中無限的感慨。

當初自己為了奪取百里家弟子大比的魁首，第一次外出進入天啟山脈歷練，第一次離開短暫離開無涯城，不過這一次可不一樣了，將會是長久的離開，一年之後才能回來啊。

百里風長嘆了一口氣，隨後正準備他要走的時候，無涯城的街道上傳來了一陣劇烈的震動。

百里風好奇的瞇起了眼睛，這個時候誰還會弄出這麼大的陣勢啊？

很快，一道長長的隊伍便出現在了百里風的視線裡。

領頭的正是百里欒，他帶領著百里家的弟子來送別百里風了。

百里風露出了一絲無奈地微笑，搞這麼大的動靜，不知道的還以為他是要去赴死呢！

很快，左邊的街道上又傳來了無數的震動。

街道上的民眾都慌了，就連門口的守衛都不知道發生了什麼事。

敵襲？不可能啊，城池裡面怎麼可能有敵人。

左邊又出現了一道長長的隊伍，領頭的則是劉斯年。

看來是丹閣的勢力啊。

右邊呢，也出現了一股的勢力，不過參差不齊，百里風能認出來，那是城主府的人還有藍楓冒險團的許多成員。就連野原和野塵都到了。

他們匯聚在了一起，所有人面帶笑意的看著百里風。

百里風身上的披風被一股狂風吹起，顯得異常的沉重。

「大家這是來送我的嗎？」百里風笑咪咪地說道。

三方勢力的領頭人紛紛的點了點頭，而且面帶不捨。

「風兒，此番遠去，便沒有了無涯城這邊的照顧，你可千萬要留點心眼。」

百里欒憂心忡忡地說道。

百里風微微一笑：「父親，我這個人你也知道，我不坑別人就不錯了，怎麼可能讓別坑我呢！」

百里欒聽見之後愣了愣，隨後便哈哈大笑了起來，自己的擔心倒是多餘了，自己的這個兒子根本不用擔心嘛！

百里風樂意的聳了聳肩看向劉斯年。

「劉管事，師傅那邊還有話嗎？」

劉斯年微微的點頭道：「閣主大多也是囑咐一些叫你小心點，不要事事都衝動。」

百里風的臉色抽了抽。

城主府的代表司空合站出來看著百里風說道：「百里風兄弟，希望你回來無涯城的時候，能給我們真正的驚喜。」

百里風微笑著點了點頭，那當然，回來的時候，實力只會比今天更加強悍罷了。

野塵和野原此刻也不知道應該說些什麼，只是神采奕奕的看著百里風。

百里風大多都明白了這些人的心意，抬起了手揮了揮。

「我走了。」

隨後，百里風這才轉過身，在風沙的掩飾下，他逐漸的消失在了遠處之中。

身後的無涯城民眾都停下了手裡的生計，看向城門。

「送！」

三方城門處的勢力領頭人大吼一聲。

緊接著，城門處發出了千萬聲的咆哮一般。

「呼！呼！呼！」

三聲長呼，就這樣簡簡單單的送別了百里風。

一年後再見，無涯城！

百里風行走了近乎半個月了。

他正在艱難的行走的茂密的山林之中，他看了一眼手中的地圖。

該死的，怎麼都對不上啊，是不是買錯了，早知道當初就不貪小便宜了。

這片山林是前往無極宗山門的必經之地，路途艱難險粗，給百里風造成了不小的麻煩。

本來進來的時候可以跟著商隊的，但百里風嫌麻煩，所以便從路邊的小攤上買了一份地圖便貿然的進來了。

直到進來之後，百里風才真正的後悔了，這裡的山路實在是太複雜了，那地圖上有很多的地方都根本沒有標明情況。

所以百里風已經處於迷路的情況下了。

他看了看四周，荒蕪人煙，心裡早已經不知道要罵娘多少次了。

要不是有太陽高掛天空，不然百里風連就基本的方向都可以迷失了。

百里風深深的呼吸了一口氣，隨後緩緩地朝著太陽的方向走去。

先走出這該死的地方再說吧。

突然，百里風的前面出現了一條大路，他的眼裡閃過了一絲的希望，有大路，就說明有商隊可能會經過那裡。只要百里風在大路旁邊等著，問問說不定就能知道無極宗的位置了。

百里風來到了大路旁，蹲了下來，要說他的運氣也是好，不一會前面便出現了一隊前行的馬車商隊。

百里風連忙來到了路中央攔住了他們。

「等一下。」沒想到百里風的出現讓他們直接一下子都警惕了起來，所有人紛紛的拿起了武器組成好了隊形，氣勢洶洶的看著百里風。

百里風有些發愣了，自己不就是問個路嗎？至於動靜這麼大嗎？百里風能感覺得出來這個商隊裡面有著武者高階強者的保護。

看來是一個不一般的商隊啊。

很快，類似於一個商隊隊長下了馬，走到了百里風的不遠處拱手作揖說道：「敢問小友是哪條道上的，我們途徑此地，有什麼怪罪的請多包涵。」

這個商隊隊長的禮遇讓百里風有些受寵若驚了，他連忙搖了搖手說道：「我哪條道都不算，我就想問問路。」

百里風尷尬的撓著頭。

「問路？」那名商隊隊長愣了愣，商隊的護衛們也都愣了愣，帶著不解的神色看著百里風，不知道他什麼意思。

「我第一次出遠門，有些迷路了，所以便想來問問路。」百里風耐心的解釋道。

那名商隊隊長看著百里風人畜無害的樣子，稍微的鬆懈了下來，不過還是沒有放鬆警惕，他眼神死死地盯著百里風說道：「你要去哪？」

百里風開口說道：「我要去無極宗！」

「無極宗？」那名商隊隊長聽見之後直接激動了一下，驚訝地看著百里風，

「你是無極宗的弟子？」

百里風用手刮了刮鼻子說道：「算是吧，我有外門弟子的邀請函。」

「能拿出來讓我看看嗎？」商隊隊長一臉驚訝地看著百里風。

百里風只好拿出了無極宗的外門弟子邀請函在商隊隊長的面前晃了晃。

後者終於看清了百里風手裡的無極宗外門弟子邀請函。

當看清百里風的無極宗外門弟子的邀請函之後，商隊隊長的臉色才真正的緩和了下來，他笑咪咪地看著百里風點了點頭。

「確實沒錯，這個的確是無極宗外門弟子的邀請函，沒想到今天還能碰見一個如此的年輕的天才，還真的是有幸啊。」

那商隊隊長開始自我介紹了起來說道：「我叫劉偉，武者高階，敢問小友名諱！」

百里風笑嘻嘻地說道：「我叫百里風，來自於無涯城，實力嘛武者中階。」

百里風將自己的真實修為給隱瞞了下來。

丹鎮確實說的沒有錯，出門在外，一定要留一個心眼，不然怎麼死的都不知道。

百里風刻意的將氣勢給壓到了武者中階的層次。

劉偉查看了一下百里風的修為之後，發現他才區區的武者中階，眼裡不禁有些失望了，這才僅僅是無極宗外門弟子的最低要求罷了，看來百里風也不是什麼太過於強大的天才啊。

百里風很明顯的感覺到了劉偉的情緒有些變化，不過他還是沒有放在心上，畢竟他現在只想問路。

「正好我的商隊要經過無極宗，不然百里兄弟就跟我們走吧。」劉偉熱情的邀請道。

百里風心裡一喜，這感情好啊，順路的話，跟著劉偉就好了。

百里風點了點頭，笑著說道：「既然如此，那我就先跟著劉大哥了。」

說完商隊再一次轟轟烈烈的啟程了。百里風騎著馬和劉偉同行著。

「劉大哥，為什麼剛才你們看見我出現在路中央會這麼緊張呢？」百里風有些好奇地問道。

劉偉苦澀的搖了搖頭說道：「百里兄弟，這你就有所不知啊，這條道是這片山林唯一的大路，每一個商隊都要從這裡走，所以這裡附近就多出了一股山賊勢力遊蕩。」

「那些山賊性情有些古怪，有時候看見商隊人少，卻收一些保護費就讓他們過了，但碰見有些商隊人多，二話不說便開始動手，那些山賊的實力很強，聽說有武師中階的存在。」

百里風聽到這裡的時候也是稍微的驚訝了一下，武師中階？外面的世界果然強大，隨隨便便的一個山賊頭頭就已經是武師中階了嗎。

百里風瞇起了眼睛說道：「劉大哥，我們商隊實力最強的是誰？」

劉偉無奈地嘆了一口氣說道：「只有我一個是武者高階，還有幾名是武者中階，剩下的大多數是武者初階，要是遇見山賊的話，我們根本不堪一擊。」

百里風勾起了一絲邪魅的微笑，他看了一下身後的馬車裡。

劉偉在隱瞞，百里風能感覺的出來那馬車裡有著一位武師初階級別的強者。

不過百里風倒是有些好奇，劉偉到底在隱瞞著些什麼呢。

百里風沒有過多的追問，只是一臉的笑意看著前方。

也許等一會就知道了吧。

商隊正在緩緩地向前進著，不過隨著時間越來越久，越來越深入，周圍的環境異常的安靜了下來。

百里風已經隱隱約約感覺到了一絲絲危險的氣息了。

第六章

不要耽誤了時間

百里風挑了挑眉頭，看著劉偉說道：「我感覺前面的路段……很有可能會有危險。」

百里風的判斷不是沒有道理，畢竟他可是武師中階巔峰強者，對於某些事物的敏感度是這裡最強的。

劉偉突然停了下來，驚訝地看著百里風。

「百里兄弟，這話怎麼說？」

百里風瞇起了眼睛，眼睛直勾勾的看著前面的道路，他淡淡地說道：「我能感覺得到前面有好多道武之氣的波動。」

一聽到這裡，劉偉突然警覺了起來，這裡可是山賊的多發地段，他可不想在這裡遇見攔路的山賊。

「百里兄弟的判斷準確嗎？」

劉偉可是武者巔峰都沒有察覺出來，在他眼裡百里風一個武者中階怎麼可能感覺得到強烈的武之氣波動呢。

對此，劉偉對百里風的判斷是產生了深深的懷疑。

但小心駛得萬年船，不是一萬就怕萬一。

劉偉舉起了手，示意商隊全員停下。

很快，井然有序的商隊便全部都停了下來，帶著疑惑的目光看著劉偉。

劉偉開口問百里風說道：「百里兄弟，你的確定前面有埋伏嗎？」

百里風肯定的點了點頭。

很快，劉偉便下了馬，走到了商隊中央，那極其奢華的馬車面前。

裡面很快便有一名類似於侍女的女子探出了頭。

「劉隊長，請問為什麼商隊停下來不走了。」那名侍女面容姣好，話語間帶著一絲驕傲。

即使劉偉這樣的武者巔峰，面對身為普通人的侍女，他還是低下了頭：「前面很有可能有山賊埋伏，所以我想問問大人，能不能暫留此地準備一下。」

這條路的唯一的大路了，根本不能繞道，所以劉偉只想在原地稍加的停留準備一會。

那名侍女不善的蹙緊了眉頭，隨後進了馬車裡竊竊私語了許久。

百里風微微一笑，一個普通的侍女能讓武者巔峰的劉偉如此的恭敬，那麼說明馬車裡的人身分肯定不一般。

百里風倒還真的是有些好奇啊，這個商隊運送的商物只有寥寥幾個箱子。

這一路下來運費都不夠這麼多人的佣金的。

那麼只有一種可能，這個商隊運送保護的不是那幾個寥寥的箱子。

百里風的心裡很快便得出了答案，他們保護的是馬車裡那尊貴的人。

百里風此刻倒是有些好奇了，馬車裡面到底是什麼尊貴的人，竟然要如此多的武者保護。

好奇歸好奇，他沒想準備進馬車查探。

他現在只想趕快到無極宗便好了。

很快，過了一會之後，那名侍女便從裡面走了出來。

劉偉帶著期待的目光看著那名侍女。

她端正了一下姿態，淡淡地說道：「我家主人說了，不能停留，她必須要盡快趕到目的地。」

劉偉很快便猶豫了起來，他無奈地說道：「可是前面如果有危險的話，我們毫無準備的前去會吃虧的。」

侍女冷冷地說道：「這個是你的事情，劉隊長，趕緊啟程，不要讓我家主人失去了耐心。」

劉偉的眼神暗淡了下來。很無奈。

劉偉無奈地眼神瞥了百里風一眼，無奈地聳了聳肩。他沒有辦法，畢竟他是受僱於馬車裡的人的。

百里風報以善意的微笑下了馬，走到了劉偉的身旁。

那名侍女看向百里風，不自覺的挺直了一下身板，高高在上地說道：「你是誰？」

百里風微微一笑淡淡地說道：「妳不用管我是誰，只是我要奉勸妳一句，前面確實有危險。如果妳家主人要一味的前進的話，怕是會陷入危險之中。」

那名侍女不屑地說道：「你算什麼東西？年紀輕輕的臭小子也敢在本姑娘面前指手畫腳，趕緊給我滾。」

百里風聽見侍女狂妄的話語之後，沒有一絲的生氣，無知的人啊。

侍女看向劉偉說道：「劉隊長，麻煩你盡快啟程，不要讓我家主人等急了，不然後果自負。」

侍女丟下了一句威脅的話。

劉偉的臉上很快便流下了冷汗，他擦了擦汗無奈地說道：「好吧，我會盡快啟程的。」

說完，侍女冷哼了一聲便轉身進入了馬車之中。

劉偉看向百里風說道：「百里兄弟，希望你的直覺是錯的吧，不然我們這次如果真的遭受到埋伏的話，那損失可就大了。」

百里風無奈地嘆了一口氣，如果到時候不行的話，那麼百里風也只能暴露出自己真正的實力出手了。

劉偉很快就上了馬，指揮著商隊呼喊道：「啟程，我們走。」

說完之後，商隊又開始浩浩蕩蕩的前進了。

百里風也上了馬，和劉偉並駕齊驅。

百里風開口說道：「我們可以小心點，前面就算有埋伏，只要我們做好心理準備，相信應該可以應付。」

劉偉也只能無奈地點了點頭說道：「希望真能如此把。」

他的經驗告訴他，前面一定有埋伏，這裡可是這片山林唯一的大路了，那些山賊是不可能會放棄這條道路的。

商隊小心翼翼的前進著，劉偉的精神也緊繃了起來。

此刻，商隊走了一會之後，突然停了下來。

因為前面多出了幾個大石頭攔在了路中央。

百里風疑惑的瞇起了眼睛，事出反常必有妖。

劉偉抬起了手，示意整個商隊停下來。

很快，所有人都停了下來，疑惑的看著前面攔路的巨石。

劉偉抿了抿嘴看向百里風，沒有說話，只不過他的眼裡多出了一絲的疑惑。

「怎麼辦？」劉偉撓了撓額頭。

商隊後面很快就有一個人走了出來，來到了巨石的面前。

「不就是幾塊破石頭嗎？你們怕什麼。」

隨後，那人抓住了巨石，緊接著便全身爆發，將全部的力氣抓住了巨石的底部。

巨石竟然隱隱約約要被那人給抬起來。

「怎麼回事？」

馬車裡的那名侍女再一次探出了頭，她的語氣裡有些不耐煩。

劉偉只能無奈地開口解釋，說道：「前面有幾塊巨石攔住了去路，我們正在搬運。」

侍女不滿的看著劉偉：「一天天的事怎麼這麼多？不要耽誤了時間。」

說完之後，她便轉身回到了馬車裡。

「咻！」

突然一道破空的聲音傳來，不知道從哪裡冒出來的一根冷箭，朝著搬動巨石的那商隊護衛射去。

「小心！」劉偉連忙舉起了手驚呼道。

然而他卻已經晚了一步，等那人反應過來的時候，那根冷箭早已經射穿了他的胸膛。

「有埋伏，警戒！警戒！」

商隊的人一下子都慌了，驚慌失措的看著四周，生怕周圍殺出一隊人馬來。

百里風則是瞇起了眼睛，看著那根插入胸膛的冷箭。

好強大的臂力，要知道那名搬動巨石的護衛身上可是穿著厚厚的鐵甲呢，在這樣的情況下還能被射穿了胸膛，說明射箭的人臂力過人啊。

百里風稍微的感知了一下周圍的人。

看來有很多道強大的氣息啊，百里風驚訝地點了點頭。

周圍的山坡上唰唰的站起了不少的拿著弓箭的山賊。

劉偉的心一下子便提了起來，該死的，真的遭到了埋伏，看來百里風的判斷沒有錯啊。

「射！」上面的人呼喊了一聲，緊接著那些箭便一窩蜂的全部射了下來。

「防禦！防禦。」劉偉不斷地驚呼道。

商隊的護衛連忙揮舞著手中的長劍來防禦，不過即使這樣還是有很多人被射中了。

劉偉的雙眼通紅，他猛然地抬起了頭看向頭頂上方的山賊。

以百里風的實力，要躲過那些射下來的冷箭簡直就是不能在簡單了。

他伸出了手，唰唰的便抓住了幾根冷箭。

「殺！」

很快，那道中氣十足的聲音又出現了，那些山賊便一起全部衝殺了下來。

劉偉皺了皺眉頭低聲的呵斥道：「兄弟們，拔出武器，保護商物！」

剛才的箭雨已經讓商隊的人手減少了一半了，那些山賊人數眾多，這樣下去，很快他們就會輸掉這場戰鬥。

劉偉不禁憂心忡忡的皺起了眉頭。

「又發生什麼事了？」馬車裡的侍女不耐煩的伸出了頭，但發現四周都是拿著刀劍的山賊之後，尖叫了起來。

「啊！」

劉偉連忙雙手作揖，連忙說道：「請放心，只是一伙小小的山賊罷了，我能解決。」

那名侍女驚慌失措地躲進了馬車裡。
百里風也從系統的儲物空間裡拿出了長劍和劉偉衝了上前，好好的廝殺了一場。
商隊已經進入了劣勢的姿態，周圍的山賊越來越多，幸好劉偉是武者巔峰，那些山賊也沒有實力多強悍的存在，所以才能堪堪抵擋到現在。
百里風也沒有完全的將自身的實力給展現出來，他就在劉偉的旁邊。
地上很快又多出了幾十道屍體。
戰鬥愈演愈烈了。
劉偉沒有敢深入的戰鬥，他保護的中心點始終是圍繞著那輛馬車。
馬車裡面也只是發出了那名侍女顫抖的聲音。
「停！」一名中年大漢出現在了正前面的山坡上，山賊和商隊的護衛都紛紛停了下來，帶著疑惑看著那名中年大漢。
「你們到底是誰？」劉偉怒視著那名中年大漢，不用想都知道那個傢伙肯定就是頭領。
那名中年男子冷哼了一聲淡淡地說道：「我們是誰，你還認不出來嗎？山賊啊！」

劉偉皺著眉頭，怎麼可能有這樣訓練有素的山賊呢，就根本就像一支軍隊。

那名中年男子拍了拍胸口說道：「你可以叫我東加！」

劉偉皺了皺眉頭，他從這個傢伙的身上感覺到了前所未有的壓力，看來這個東加的實力是在劉偉之上啊。

劉偉無奈地搖了搖頭，目測東加至少有武師中階的實力了，在這樣巨大的差距面前，劉偉根本沒有還手之力啊。

東加看向那輛馬車對著劉偉說道：「我的目標不是你們，如果你們現在想跑的話，我可以放過你們。」

劉偉總算明白了這東加的目標了，原來是馬車裡的人。

這樣他就更不能答應了，他劇烈的搖了搖頭說道：「不可能，如果你要動馬車裡的人，除非踏過我的屍體。」

東加無奈地搖了搖頭說道：「你這是在找死懂嗎？你以為此刻你的實力能在我的手下過多少招呢？一招？又或者兩招。」

東加說的沒錯，他自己可是武師中階級別的強者，如果要出手的話，那麼劉偉根本抗不了多久。

劉偉陷入了深深的糾結之中，此刻竟然不知道該怎麼辦才好。

東加冷笑了一聲，對著商隊的其他人說道：「你們趕緊給我滾，今天放過你們一命，再不走的話，別怪我動殺心。」

隨後東加釋放出了屬於武師中階級別的威壓。下面的人都紛紛臉色蒼白，一動不動，好強大的氣勢，簡直就是將他們壓得喘不過氣來了。

劉偉也被東加的那股氣勢也鎮壓到了，還是艱難的抬起了手眼神堅定的看著東加。

而商隊的護衛，他們的內心早已經出現了一絲的動搖，東加如此強大的實力，如果還要硬待在這裡不是找死嗎？

但是劉偉可是他們的隊長，他都沒有發話，其他的人根本不敢走啊。

劉偉咬了咬牙，此刻情況已經陷入了絕境之中了，

東加雙手負後，一副高高在上的樣子。

他不屑的看著商隊的其他人，冷冷地說道：「我再說最後一次，要麼滾，要麼我將你們全部都殺掉，你們自己選擇吧。」

很快，那些商隊的護衛眼裡出現了真正的猶豫，性命攸關的情況，此刻好像也容不得他們多想了。

很快，便有人動了，丟下了兵器，跑向回去的道路上。

劉偉無奈地閉上眼睛，他早知道會是這樣的情況，但沒有想到竟然這麼快。

東加滿意的點了點頭淡淡地說道：「還有沒有人要走的，最後一次機會了，不然我出手可是會不留情的。」

這句話說完後，又有很多人動身了，他們連忙將兵器都紛紛的丟在了地上。然後跟不敗家之犬一樣慌不擇路。

剩下的人僅僅只有之前的十分之一了，甚至還有可能不到十分之一。

東加滿意的點了點頭看著劉偉說道：「你確定還要抵抗嗎？沒有希望的。」

見劉偉許久沒有說話，東加好像也失去了最後的耐心一般，很快他的速度便一下子閃到了劉偉的面前。

劉偉的身子顫抖了一下，連忙的出手應對，不過東加卻勾起了一絲冷笑。

他赫然的出掌便一下子轟中了劉偉的胸口上。

「噗！」劉偉吐出了一口鮮血，直接濺射到了東加的衣服上。

但東加沒有一絲的介意，他抓住了劉偉的脖子，直接將他提了起來。

馬車裡的侍女顫顫巍巍的探出了頭，看見劉偉已經被人死死的掐住了脖子，然後她便驚慌失措的大喊了起來。

「啊啊！」

東加微微一笑，看著那名侍女說道：「妳不用擔心，下一個就是妳了，準備叫妳家主人洗乾淨脖子等死吧。」

東加的狂妄行為，完全將旁邊的百里風給忽略了。

「咳咳咳！你這樣無視我是不是不好啊。」百里風淡淡地說道。

隨後，東加才發現了原來還有百里風在旁邊，他不屑的看著百里風，一個毛頭小子罷了，能有多強的實力。

「小子，趕緊給我滾，趁我心情好，我現在還不想殺了你。」東加威脅百里風說道。

劉偉此刻也雙眼通紅對著百里風說道：「百里兄弟，你快走，我不能連累了你。」

百里風無奈地伸了一個懶腰。

「這年頭，低調做人還不行了。」

東加冷笑了一聲，給周圍的山賊一個眼神示意了一下，很快周圍的山賊便提著劍朝著百里風衝了過來。

「百里兄弟，小心啊。」劉偉焦急地提醒道。

百里風笑咪咪地擺了擺手說道：「無礙！」

很快，他的身影便掠了出去。

那些拿著劍的山賊突然身體一頓，過了幾個呼吸之後，便齊刷刷的倒在了地上，不知什麼原因。

東加驚訝地看著百里風，沒想到這個小子竟然還有這個的實力。

「小子，你還真的是讓我刮目相看啊。」東加驚奇的看著百里風。

劉偉此刻眼睛裡已經流出了血液，再這樣下去，幾個呼吸他就能死了。

不過東加此刻卻突然放下了劉偉，看向百里風。

「小子，你有點意思。」東加興致勃勃地看著百里風。

百里風聳了聳肩淡淡地說道：「我覺得還行吧，畢竟我喜歡低調。」

「哈哈哈！小子，你真的是不知道什麼叫做強者嗎？在我的面前還敢囂張，簡直就是找死。」東加瞪了一眼百里風，狠狠的威脅道。

當然，百里風也沒有懼怕東加的威脅，他緩緩地抬起了手，向著東加勾了勾手指說道：「要不我們倆切磋切磋！」

聽到百里風的話之後，東加好像聽到了什麼天大的笑話一般，哈哈大笑了起來。

「切磋？你是在開玩笑嗎？以你的實力，根本就不是我的對手，還想跟我切磋，你信不信我一根手指就可以打敗你。」東加信誓旦旦地說道。

百里風無奈地搖了搖頭，看來這個傢伙還沒有察覺出百里風真正的實力啊，不過這樣也好，讓他接受一下來自社會的毒打，好好的按在地上摩擦。

百里風輕輕的抬起了手，很快他便動了，以迅雷不及掩耳之勢直接一下子閃到了東加的面前。

那速度之快，簡直就是和剛才東加掠到劉偉面前的速度一樣。

「退！」

百里風一掌重重的打出，直接打到了東加的胸口上。

東加吃痛了一聲，連忙劇烈的往後退了退，眼裡帶著無盡的驚訝，百里風怎麼可能如此的強悍啊。

他看起來是如此的年輕。

百里風面帶著微笑，他知道此刻東加一定是被自己的手段給震驚到了，但更震驚的還在後面呢。

百里風單腳踏出了一步，緊接著便閃到了東加的面前。百里風微微一笑，手快速的在東加的身上快速的點擊著。

幾個呼吸下來，東加的身體一頓，他感覺自己的經脈停滯了一下，然後胸前感覺到了一股強大的力量傳來，之後他便被彈飛了出去。

東加狼狽的躺在了遠處的地面上，眼神裡的震驚簡直就是無比的巨大。

他原本以為百里風只是一個小小的毛頭小子，就算是武道中人，那麼最多也是武者中階罷了，但他沒有想到百里風竟然比武者還要強。

難道說這個小子已經進入了武師不成。

東加甚至都覺得自己這個的想法有些不可思議啊。

這麼年輕的武師強者，他還是第一次見呢。

劉偉也是被百里風的手段給震驚到了，他張大著嘴巴看著百里風說道：「百里兄弟，你的實力……」

百里風微微一笑說道：「抱歉了，劉大哥，隱瞞了一丟丟真正的實力。」

一丟丟，劉偉聽到這個詞簡直就是要吐血，這個是一丟丟嗎？簡直就是差距很大好不好。

劉偉無奈地扶了扶頭，百里風到底是要進入無極宗外門的人，實力又怎麼可能會差呢！沒想到自己倒是眼拙了。

東加捣著胸口艱難的站了起來，他看著百里風開口問道：「你的實力到底是何等的層次。」

百里風上前一步，微微笑道：「我怕說出來會嚇死你啊。」

東加抿著嘴說道：「不可能，你最多就是武師初階罷了，剛才我有些大意了，才能讓你偷襲得手罷了。」

百里風戲謔一笑。

「噢？真的嗎？」

隨後他將自己武師中階巔峰的氣勢直接一下子爆發了出來。

這下好了，所有人都震驚住了，這樣的氣勢比剛才的東加還要強悍啊。

這還是人嗎？怎麼可能會有這樣強悍的實力。

東加震驚地看著百里風說道：「你的實力竟然已經到了武師中階巔峰，比我還要強。」

得到了東加的肯定之後，劉偉直接驚掉了下巴，百里風已經是武師中階巔峰了？

怎麼可能啊，他心裡根本不敢相信啊。

百里風挑了挑眉頭說道：「看來你也不傻，還是能看出來我的實力的。」

東加不敢大意了，他瞇起了眼睛，開始仔細的打量起了百里風。

隨後他帶著小心翼翼的語氣問道：「你姓什麼？你師傅是誰？」

東加覺得百里風一定是某個大人物的弟子，不然他怎麼可能有這樣強悍的實力。

第七章 戰鬥的姿態

百里風正了正身形，對於東加好奇的質問他沒有表現得太過於高傲。

他聳了聳肩淡淡地說道：「我叫百里風，至於我的師傅，大概你也不認識，他叫丹鎮。」

東加聽到丹鎮這個名字之後，好奇的瞇起了眼睛，疑惑的摸了摸下巴，隨後晃了晃腦袋。

丹鎮的名字他確實沒有聽說過。

這也不怪東加，畢竟丹鎮只是無涯城丹閣的閣主罷了。

丹閣在天下城池設立這麼多的分閣，不可能每一個都能讓東加認識。

東加蹙起了眉頭：「丹鎮是誰？」

百里風挑了挑眉頭淡淡地笑道：「我就說我師傅不出名，你不認識嘛，你還偏偏不信。」

東加摀著胸口艱難的站了起來，他眼神銳利得如同獅鷲一般盯著百里風。

「你的實力真的達到了武師中階巔峰？」

百里風微微一笑，情況都已經這麼明顯了，這傢伙竟然還不信。

百里風再一次踏出一步，輕輕的冷哼了一聲，他身上直接便爆發出了巨大而強烈的氣勢。

甚至比剛才的東加身上爆發出來的氣勢還要強悍。

東加的臉色很快便蒼白了起來，他恐懼地看著百里風。

怎麼可能會有這樣絕頂的天才啊，看他的樣子，才不過是一個二十出頭的年輕小子罷了，怎麼可能修煉到比東加實力還要強悍。

東加不敢相信。

百里風瞇起了眼睛，他開口對著東加說道：「你不是普通的山賊吧，準確來說，你根本不是山賊。」

這話一出，在場的人都紛紛的震驚住了。

東加瞪大了眼睛死死的盯著百里風說道：「小子，你在說什麼胡話，我就是普通的山賊。」

百里風冷笑了一聲：「普通的山賊？真當我是傻子啊，光從你們握兵器的手法來看就知道不一般。」

東加的眼神逐漸的陰冷了下來，已經逐漸動了殺心，儘管不是百里風的對手，但他有人數優勢。

百里風微微一笑淡淡地說道：「怎麼？你想殺了我？」

東加冷哼了一聲：「小子，雖然我不是你的對手，但這麼多人一起圍攻你，你確定能扛得住嗎？」

百里風稍微的挑了挑眉頭，他笑咪咪地說道：「怎麼？聽你這個意思是要圍殺我，以多打少嗎？」

東加戲謔地聳了聳肩說道：「難道不可以嗎？小子，可惜了你這樣的天賦了，得死在我的手裡。」

百里風雙眼微眯，他扭了扭脖子，淡淡地抬起了頭對著東加說道：「你們全部一起上吧，到時候你們要是全部都敗了的話，可就難看了。」

東加剛準備踏出一步。

很快，馬車裡便響起了一陣女人的聲音。

「東大人，許久不見，你好大的官威啊。」

百里風也愣了愣，聽著這個聲音不像是剛才的侍女，看來是馬車裡真正的大人物了。

百里風的眼裡也好奇了起來，到底是什麼樣的女子能有如此尊貴的待遇竟然能讓人半路截殺呢。

東加暴露了身分之後，也沒有過多的慌張，他對著馬車拱手作揖行一個禮。

百里風稍微的驚訝了一下，看來這馬車裡面的傢伙身分是極其的尊貴啊，竟然讓東加這個敵人主動的放下身段來行禮。

百里風是越來越好奇馬車裡的女子了，何等尊貴的身分呢？

「看來東加大人是受人所託來截殺我的。」

馬車裡面的聲音繼續的響了起來。

東加馬上拱手作了一個禮說道：「您知道就成，我也是拿錢辦事，所以也只能對不起您了！」

「喔？」那馬車裡的女子驚訝了一聲，隨後便淡淡地說道，「那這麼說，你能打敗這位百里兄弟了？」

東加看了一眼百里風，眼神裡還是帶著恐懼的，畢竟百里風的實力這麼強悍，他根本不敢大意啊。

百里風別了別頭說道：「你既然要玩車輪戰的戰術的話，那麼就讓你們的人全部一起上吧，這樣我也比較好一次性的解決掉你們。」

狂妄，百里風的話裡帶著無盡的狂妄，好像並不把在場的人放在心上一樣。

東加瞇起了眼睛他看出了百里風的狂妄，不過他確實也有資本狂妄難道不是嗎？

東加緩緩地抬起了手，周圍的山賊都已經做好了準備，只要東加一聲令下，很快他們就能全部衝上來圍殺百里風。

百里風面對這樣緊急的情況，完全沒有一絲的慌張。

東加冷笑了一聲，既然你狂妄，那麼就要付出代價吧。

很快，他便揮下了手，於是乎，那些周圍的山賊便一起衝殺了上來。

百里風微微一笑，快速的出掌。

那些山賊都無一看見了極其快速的影子閃過。緊接著身影便不斷地閃過這些山賊之間。

緊接著聽到了很多的聲音不斷地慘叫了起來。

當百里風的身影真正停下來的時候，那些山賊大多都已經死傷無數了。

那些山賊痛苦躺在地上，不斷地呻吟著。

百里風揉了揉手，這些山賊實力也太差了，百里風隨隨便便幾下就將他們給解決了，完全沒有任何的挑戰力啊。

百里風看向東加淡淡地說道：「要不你上吧，好歹你也是武師中階強者，應該能給我造成點困難吧。」

東加聽了這話，估計得氣死，什麼叫可能會給你造成點困難，他好歹也說是武師中階級別的強者。

就算百里風比他強悍，那麼也強悍不了多少去啊，中階巔峰罷了。

東加此刻心裡還是不覺得百里風能勝過自己，畢竟他看起來這麼年輕，應該是剛剛進入武師中階巔峰不久，戰鬥經驗肯定比不了東加。東加已經在生死危難之中廝殺了多年，他覺得自己的戰鬥經驗已經很豐富了。

此刻，東加緩緩地正了正身形，一臉嚴肅的看著百里風說道：「來吧，讓你重新見識一下你真正的實力吧，中階武師巔峰？在我的眼裡不過是一個好笑的話罷了。」

百里風也別了別頭，東加這個傢伙還真的挺不怕死的，都到這個時候了，竟然還敢挑釁自己，竟然他想死的話，那麼百里風也是可以成全他的。

「來吧！」百里風做出了戰鬥的姿態。

百里風的眼睛瞳孔裡凝聚了一下，緊接著便開始做出了迎戰的姿態。

「來吧，東加，讓我看看你真正實力，中階武師？笑話。」

百里風將剛才東加的話一字一句的都還了回去。

東加瞇起了眼睛，便衝了上來。

他如同猛虎下山一般，每一次的踏地都能傳來響天徹地的震動，對於這樣的情況，百里風也僅僅是報以微笑罷了。

才這樣的實力，就想打敗百里風？想得也太簡單了吧。

百里風雙手緩緩地推出，很快便撞擊在了東加的拳頭上。

百里風連忙退了好幾步，眼裡露出了一絲的驚訝，隨後才冷笑了一聲。

「看我借力打力吧。」

隨後，百里風將手狠狠的推了一把。

東加感覺到掌心裡傳來了無比強大的壓力，他剛要準備反抗過來，沒想到百里風卻已經將他給推了好遠出去。

東加踉踉蹌蹌的狂退了幾步，眼裡帶著無限的震驚，吃驚的看著百里風，這個小子的實力果然很強大啊。

百里風稍微的收回了手，淡淡地看著東加說道：「怎麼樣？我的實力你還滿意吧？」

東加的內心無比的震驚，看百里風的戰鬥經驗，像是老成的獵人一樣，百里風的實力真的沒有一絲的水分。

甚至東加還覺得百里風的戰鬥經驗還在自己之上。

他晃了晃腦袋，根本不敢相信，這個怎麼可能呢？他的戰鬥經驗怎麼會在自己之上呢。

東加窮凶極惡的看著百里風，咬了咬牙，無論如何都一定不能輸給這個傢伙啊。

百里風眯起了眼睛，抬起了手向著東加勾了勾：「來吧，繼續，你已經成功的激起了我戰鬥的心情。」

東加惱怒的蹙著眉頭，竟然能這樣羞辱自己，看來一定要給百里風好果子吃。很快，東加的身上便爆發出了一陣強烈的戰意，他眼神死死的盯著百里風，隨後便衝了上來。

百里風微微一笑，他的實力似乎又提升了一些，看來確實很強，百里風抬起了頭。

「接我一拳。」

緊接著，他便一拳狠狠的朝著百里風揮了過來。

那速度之快，簡直就是眼花繚亂啊。

百里風冷笑了一聲，在這樣的速度面前，自己當然能很簡單的應付了。

他高高地抬起了手，又是一掌揮了出去。

這次便擊中了東加的胸口上。

東加好像斷線的風箏一樣，倒飛了出去。幸好他在半空之中穩住了身形，落在地面上的時候，才能平安的落下來。

東加此刻已經受了嚴重的傷了，他眼神直勾勾地盯著百里風。

這個年輕的傢伙爆發出來的實力實在是太強太強，讓東加很難喘過氣來。

百里風微微一笑淡淡地說道：「怎麼？不繼續打了嗎？我還想看看你的真正實力有多強呢，原來就是這樣，真是讓我失望啊。」

百里風失望的搖了搖頭，好像真的對東加的實力感覺到了一陣的失望一樣。

東加咬了咬牙，該死的，不能被百里風給瞧不起，很快他便站了起來，一定要完成任務，否則他回去沒有好果子吃。

東加拿出了一顆黑色的丹藥，看了一眼百里風。

百里風的心裡有些發寒啊，這個傢伙該不會要吃丹藥來提升實力吧。

百里風猜對了，東加將那顆黑色丹藥給吞了下去，很快，他便爆發出了強大的實力，身上都已經開始有陣陣的青筋爆了起來，看起來簡直就是很可怕的人形怪物一樣。

東加的實力此刻竟然已經來到了武師高階。

這下可不好了，有些難辦啊。

百里風無奈地扶了扶頭，隨後東加的眼神裡帶著憤怒看著百里風。

他在忍受著無盡的痛苦，要不是百里風的話，他本可以過得很好，至少能很快的完成任務，但現在他必須要吃下這顆丹藥提升自己的實力才能真正的擊敗百里風。

對他來說的話，確實有些得不償失。

看見東加的實力有很大幅度的提升之後，百里風完全沒有一絲的緊張之色，他眼裡戰意昂然，他最喜歡越級挑戰了。最好能一下子提升到武師巔峰。

這樣百里風也能知道自己最後的頂點在那裡呢。

東加猙獰的看著百里風說道：「小子，今天你必死。」

百里風微微一笑。

「你如果真的有能力殺死我的話，那麼就是你真正的本事了，我活該被你殺死。」百里風冷笑地說道。

東加雙腳蹬地，緊接著便衝了上來，這次他的速度很快，總之就是比剛才的速度提升了很大的幅度。

百里風瞇起了眼睛，雙手抬起了手護在了身前，沒有想到東加的拳頭便已經來到了他的跟前。

百里風低聲的悶哼了一聲，好強大的拳力，竟然讓百里風一退在退。

百里風的胸口傳來了一陣鬱悶的感覺，沒想到東加的實力提升了這麼強悍。

「太極拳！」

百里風抓住了東加的手腕，隨後來推搡了一下，猛然地用了一下力，便直接將東加給擊退了好幾步。

對於這樣的結果百里風是不滿意的，好歹自己的這一招是玄階中級的武技，怎麼可能才僅僅擊退了東加幾步呢。

東加此刻彷彿已經成為了一個失去理智的野獸，再一次狠狠的衝了上來。

很快，馬車裡的女子很快便探出了頭。

好俊美的女孩。

百里風愣住了，那女孩簡直就是活生生的美人啊。

百里風都看呆了，甚至東加衝上來再一次攻擊的時候都沒有發覺。

還是那女孩連忙驚呼出聲提醒百里風說道：「小心！」

百里風這才反應了過來，連忙躲過了東加的拳頭攻擊。

「叮！宿主激發任務，幫助陸瑤逃離險境。」

宿主：百里風

境界：武師中階巔峰、煉藥師二階（一百分之五十一）
生命值：九百
積分：六萬
功法：九轉歸元訣（第二層）
武器：小刀、長劍、一階藥鼎、一階丹方補血丹、無極掌套（黃階上級）、二階內核、玄階中級內甲天蠶寶甲、丹閣令牌、三階一氣丹，三階一氣丹丹方
寵物：天雪狐
武技：崩山掌（大成）、巨熊神吟、玄階中級武技太極拳
任務：B級任務，守護百里家，解開無涯劫難。S級任務，恢復靈動戒。D級任務，前往無極宗。特殊任務：幫助陸瑤逃離

百里風連忙出手再一次揮拳，東加很快便躲過了百里風的攻擊，好像剛才百里風躲過東加的攻擊一樣。

東加稍微的抬起了頭正視著百里風，然後便又出了一記拳頭。

百里風直接用手抓住了東加的拳頭，緊接著他又使出了另外一記拳頭，不過百里風卻也能很容易的便接中了那記拳頭。

看見百里風躲過了攻擊之後，探頭出馬車的陸瑤心裡自然也是鬆了一口氣，畢竟百里風此刻也算是她最後的救命稻草了，必須要緊緊的抓住。

百里風微微一笑，淡淡地對著東加說道：「你的實力好像不行啊。」

東加惱怒的蹙著眉頭，這該死的傢伙，認真的如此的難纏嗎？

百里風大喝了一聲便喊道：「巨熊神吟！」

百里風使出了玄階中級武技巨熊神吟。

那東加感覺到百里風的實力稍微的變化了一些之後，他也驚訝了一下，沒想到百里風的身上竟然還有玄階中級武技。

百里風微微一笑：「怎麼樣？沒想到我還有這樣的實力吧。」

很快，他便出掌攻擊了起來。

東加的胸口再一次被百里風給擊中住了。

他蹙著眉頭，這個該死的百里風確實有些煩人啊。

「喝！給爺死。」

百里風大吼了一聲，便轟然的使出了太極拳，那緩緩地拳頭雖然看起來很慢，但東加的內心竟然絲毫沒有要抵抗一絲的想法。

只能眼睜睜的看著那記拳頭攻擊到了自己的胸口上。

東加身形一頓，這一次是真正的被擊飛了出去。然後吐出了一口極其濃郁的鮮血，癱軟的躺在了地上。

陸瑤看見百里風占據了上風之後，心裡便歡喜了起來，畢竟百里風能贏的話，對她有利啊。

百里風挺直起了胸膛，看著遠處躺在地上的東加，也不知道這個傢伙是不是真的死了，又或者在裝死。

百里風可沒有上去查探的打算。

劉偉此刻眼裡的震驚之色簡直就是不能再誇張了。他不敢相信的看著百里風。他真的打敗了東加。這個年輕人實力也太強了吧。

此刻劉偉心裡有的除了震驚還是無比的震驚，簡直無以言表啊。

百里風走到了劉偉的面前伸出了手，輕輕的扶起了他。

他此刻還沒有緩過神來，還是百里風輕輕地推了他一把，劉偉才回過了神，他吃驚的看著百里風。

「東加，真的死了？」劉偉好奇地問道。

百里風轉過身瞥了一眼遠處躺在地上的東加，他搖了搖頭淡淡地說道：「死沒死我不知道，要不你去看看？」

劉偉一聽連忙搖了搖頭，這他哪敢啊，萬一東加到時候又跳起來襲擊他怎麼辦？這樣他就有苦說不出了。

百里風看向馬車上的臉色慘白的侍女，不知道該說些什麼。

還是劉偉率先反應了過來，他慌慌張張的向著馬車那邊跑去。

百里風的心裡是越來越好奇了，到底是什麼樣的傢伙竟然能吸引得劉偉如此的擔心。

看那名女子長的如此的俊秀，看來身分一定不簡單啊。

百里風笑咪咪地靠近了過去。

劉偉慌張的跑到了陸瑤的面前，關心地問道：「小姐，妳有沒有事！」

陸瑤搖搖頭，微微笑道：「我沒有多大的事情，只是受了點小驚嚇而已。」

聽到這樣的話之後，劉偉才真的放心了下來，他拍著胸膛說道：「小姐沒有事就好，要是小姐出了事情，那麼屬下就只能自殺謝罪了。」

陸瑤搖了搖手說道：「你已經做得很好了，不用這樣自責。」

劉偉無奈地嘆了一口氣說道：「到底還是我的疏忽，竟然讓他們偷襲得手了，現在我們的隊伍只能下十分之一了。」

陸瑤輕輕的抿了抿嘴巴說道：「這也是沒有辦法的事情。」

那名侍女倒是不屈不撓的站了起來指著劉偉說道：「你說說你怎麼保護的小姐，竟然讓賊人差點掠走小姐，要是出了事，你能負責嗎？」

劉偉把頭放得很低，根本不敢說話，只能任由那名侍女責罵著。

這樣的情況百里風都看在眼裡呢，他無奈地搖了搖頭，好囂張的侍女。

那名侍女很快就將眼神瞥了過來，不善地盯著百里風。

「喂，小子，你給我過來！」那名侍女向百里風勾了勾手指。

百里風挑了挑眉頭，便走了過去好奇地問道：「有什麼事情嗎？」

那名侍女便很不爽了。

「你明明實力如此的強悍，為什麼還要一直低調，要是早站出來的話，我們小姐也不用受到驚嚇了。」

陸瑤輕輕的拉了一把自己的侍女說道：「小青，妳冷靜一點，我真的沒有大礙。」

但那小青很明顯沒有要放過百里風的意思，她不屑地說道：「不行，小姐，不能讓這個小子太過於得意，能讓他護駕已經是他的榮幸了，他還想得寸進尺不成。」

百里風不禁感覺有些好笑了，自己哪有得寸進尺，一直都是小青在說。

陸瑤向著百里風飽含歉意的點了點頭。

「不好意思公子，我這個侍女平時我太寵她了，要是衝撞了你，我代替她向你道歉。」

小青看見自己的小姐竟然向百里風道歉之後，就更加的不爽了，她撒嬌似地說道：「小姐，妳是什麼身分，他是什麼身分，妳怎麼可能向他道歉呢。」

百里風瞇起了眼睛，好久沒有遇見過能讓百里風這麼討厭的人了。

百里風笑咪咪地走上前，淡淡地對著那名侍女說道：「妳家小姐有沒有教過妳，要尊重人家，別一口一個小子小子的，好歹我也救了妳。」

小青的臉色不善的抽了抽，百里風確實救了她們，這個是事實，所以她也沒有什麼好反駁的。

陸瑤出了馬車，對著百里風說道：「公子你好，我叫陸瑤，這個是我的侍女小青，同時也是我的好姐妹。」

小青不爽地用眼角瞥了一下百里風，輕輕的嗯了一聲。

百里風倒是沒有在意這個小孩子脾氣的傢伙，陸瑤才是關鍵。

百里風對著陸瑤拱手作揖自我介紹道：「陸小姐，我叫百里風！」

「百里風？好好聽的名字。」陸瑤的眼裡有星光。

第八章

不勝酒力

百里風微微的對著陸瑤點了點頭，面帶著微笑。

同時，陸瑤看著百里風俊美的臉龐，心裡也是有些心動的，但出於女子的矜持，沒有過多的表現，倒是對著百里風行了一萬福禮。

百里風對陸瑤拱手作揖。

小青看見這樣的情況之後，心裡也不爽了起來，她不屑的對著百里風說道：「小子，你可千萬不要有什麼歪想法，我們的小姐是你高攀不起的。」

百里風苦澀的微笑了一聲，這個該死的小青還真的是討人嫌啊。

百里風聳了聳肩，淡淡地說道：「我本來也沒有歪想法，妳可千萬不要帶入了。」

小青冷哼了一聲，淡淡地對著百里風說道：「最好不要讓我發現你對我們家小姐動了什麼念頭，不然我肯定會讓你好看的。」

說完，小青對著百里風憑空揮舞了一下拳頭，來發洩了一下自己的不滿。

百里風也沒有過多的在意，只是把小青當成了小孩子的脾氣的玩鬧罷了。

百里風看向劉偉開口說道：「劉隊長，現在我們應該怎麼辦呢？」

劉偉低頭仔細的思考了起來，隨後他才抬起了頭，對著百里風和陸瑤說道：「小姐，我覺得此刻如果原路返回的話肯定是不行的，只有繼續的往前前進才可以。」

陸瑤同意的點了點頭。

「劉隊長是熟悉這一片地區的人，聽您的話肯定沒有錯，那麼我們就繼續前進吧。」

劉偉的眼神一喜，高興了起來，拱手作揖說道：「遵命小姐，我這就命令商隊的所有人繼續前進。」

隨後劉偉反應了過來，看向僅剩的商隊所有人，淡淡地開口說道：「來，我們繼續前進，前面不遠我們就能走出這片該死的森林了，到時候一定能找到落腳的地方。」

同時，劉偉也沒有忘記百里風原本的目的，他對著百里風說道：「百里兄弟，前面出這條大路不遠之後就能看見無極宗的路標指示了，到時候你只需要看著路標的指示前進就好了。」

百里風一聽，臉色連忙的大喜了起來，這感情好，看來他是越來越接近無極宗了，此刻他的心底也好奇了起來。

這個秦明帝國西南區第一宗門的規模真的就是深深的吸引著百里風，他越來越想去看看了。

小青看見商隊又重新啟程了之後，滿意的點了點頭，轉身回到了馬車裡，對著陸瑤說道：「小姐，隊伍已經在繼續走了。」

陸瑤這才放心的點了點頭。

「叮！恭喜宿主完成任務，獲得陸瑤的好感。」

宿主：百里風

境界：武師中階巔峰、煉藥師二階（一百分之五十一）

生命值：九百

積分：六萬

功法：九轉歸元訣（第二層）

武器：小刀、長劍、一階藥鼎、一階丹方補血丹、無極掌套（黃階上級）、二階內核、玄階中級內甲天蠶寶甲、丹閣令牌、三階一氣丹，三階一氣丹丹方

寵物：天雪狐

武技：崩山掌（大成）、巨熊神吟、玄階中級武技太極拳

任務：B級任務，守護百里家，解開無涯劫難。S級任務，恢復靈動戒。D級任務，前往無極宗

到這裡百里風突然有些好奇住了，這個陸瑤的好感是什麼東西？他還真的是有些好奇了。

百里風很快就緊緊的跟在商隊後面，慢慢的正在走出這該死的山路。很快，前方的大路逐漸的變大，由一個小黑點逐漸的展現在了百里風的面前。那是一望無際的平原，百里風看見之後瞇起了眼睛，這裡的地形還真的是奇怪啊。

後面還是層層的山峰，一走出來就遇見了一望無際的平原。

百里風微微一笑，對著劉偉說道：「劉隊長，前面有一間酒家，要不要叫隊伍停下來休息一下？」

劉偉瞇起了眼，看起了遠處的酒家，隨後他看了一眼疲憊的隊伍，他無奈地嘆了一口氣。

仔細的思考了一下之後，他才點了點頭，轉過身對著商隊說道：「大家一會到前面的時候可以停下來休整一下，好了之後我們再重新啟程前往帝都。」

本來疲憊的隊伍聽見劉偉這話之後，眼裡突然有激動地神色，他們紛紛激動地看著劉偉，好奇的開口出聲道：「隊長，這是真的嗎？」

由於他們出來確實太急了，而且這個任務也很急，所以商隊的人並沒有多少的時間可以休息，但一想到前面終於可以停下來休整一會的時候，他們的眼裡是激動。

劉偉下了馬，走到了馬車的面前，拱手作揖說道：「陸瑤小姐。」

小青很快便從裡面探出了頭，一臉的不耐煩。

「你到底還有什麼事情？一天天的，怎麼這麼麻煩。」

劉偉有些緊張地說道：「不好意思，小青小姐，就是前面有間酒家，大家也都挺累的了，能不能讓他們在前面稍微的休整一下呢？保證就是休整一下，絕對不會影響到隊伍的路程時間。」

小青皺著眉頭，隨後便進了馬車裡。

「小姐，劉隊長說前面休整一下隊伍。」小青無奈地解釋道。

陸瑤一聽，也沒有多大的意見，只是點了點頭淡淡地說道：「剛才那伙山賊來的實在是太突然了，確實應該要讓隊伍好好的休息一下了。」

小青一聽，也只能無奈地聳了聳肩，既然自己家的小姐都這樣說了，那她身為一個侍女，還能有什麼辦法。

她很快便出了馬車，對著劉偉說道：「我們家小姐說了，休整可以，但不能影響了隊伍的路程，不然到了帝都有你們好受的。」

劉偉如獲大赦，他激動地點了點頭說道：「遵命！」

此刻，百里風查探了一下自己的境界修為。

宿主：百里風

境界：武師中階巔峰、煉藥師二階（一百分之五十一）

生命值：九百

積分：六萬

功法：九轉歸元訣（第二層）

武器：小刀、長劍、一階藥鼎、一階丹方補血丹、無極掌套（黃階上級）、二階內核、玄階中級內甲天蠶寶甲、丹閣令牌、三階一氣丹，三階一氣丹丹方

寵物：天雪狐

武技：崩山掌（大成）、巨熊神吟、玄階中級武技太極拳

任務：B級任務，守護百里家，解開無涯劫難。S級任務，恢復靈動戒。D級任務，前往無極宗

現在他的實力相對來說確實已經到了一個瓶頸期了，他的實力都是完全系統的任務之後得來的，雖然沒有心魔或者境界不穩的問題困擾，但他的心境已經隱隱約約不穩了。

也不能說是不穩，就是實力增長太快了，也經常越級挑戰，心境早已經強大無比了，這個的壞處就是自己已經很難對同等境界的武者一視同仁了。

這可是要命的，物極必反。

所以百里風把目標就放在了鍛鍊煉藥師的經驗上面去。

他必須要盡快的把煉藥師的修為給提升到三階，這樣他就可以煉製更加強大的丹藥了，這樣對他來說也是一個很好的保障。

劉偉興奮的走了過來，百里風知道，他肯定得到了自己想要的答案了。

「怎麼？她同樣了在前面休整了？」百里風好奇地問道。

劉偉興奮的點了點頭說道：「陸瑤小姐確實已經答應我在前面休整了，整個疲憊的隊伍也終於能好好的休整一下了。」

劉偉說道這裡，一身的輕鬆。

這一路來他確實精神太過於緊繃了，導致他整個人都有些神神叨叨的，要是在繼續這樣下去的話，百里風也保不齊這個傢伙會不會一下子瘋掉。

百里風伸出了手輕輕的拍了一下劉偉的肩膀笑道：「那我們還是趕快走吧，我也需要休整一下了，休整完了之後，我就要啟程前往無極宗了。」

劉偉眼神激動地看著百里風，開口說道：「百里兄弟，很感謝剛才危機的時候你的出手，要不是你的話，今天我們的隊伍很有可能全部就要栽在那裡。」

百里風突然有些好奇了起來，他看著劉偉淡淡地開口說道：「我比較好奇那陸瑤到底是什麼身分，為什麼身為截殺頭領的東加會對她如此的恭敬。」

劉偉的眼裡出現了一絲的猶豫，他無奈地嘆了一口氣對著百里風說道：「其實對陸瑤小姐的身分，我也不太清楚，只知道她是帝都一個大世家的掌上明珠，跟家裡鬧矛盾跑了出來，現在正準備要回去，那個大世家已經派人來知會我了，如果此行出差錯的話，那麼就讓我全家來給陸瑤陪葬。」

百里風瞇起了眼睛，果然陸瑤身分的不簡單，至少跟帝都那邊有著千絲萬縷的關係。這樣一來如果百里風能結交一下陸瑤的話，那對他未來的發展自然也是不錯的。

很快，商隊便已經來到了酒肆。

裡面就有一名小二跑了出來。

「呦，客官，人還挺多的，是打尖嗎？」

劉偉點了點頭說道：「先來三壇酒吧！」

說完，商隊的人都一起湧入了酒肆。

就連陸瑤也被小青給扶下了馬車，緩緩地走向酒肆。

百里風突然皺了皺眉頭，他感覺到周圍的氣氛有些不一樣，至少給他一種很壓抑的感覺。

奇怪，他很少有這樣的感覺。

就連剛才東加埋伏的時候，百里風最多也是感覺到惡意罷了，根本沒有此刻的感受一樣，能感覺到如此強大的惡意。

百里風不善的皺了皺眉頭，難道這個酒肆有什麼古怪不成？

百里風的心裡冒出了這個想法，隨後晃了晃腦袋，還是不要想這麼多的為好，畢竟既來之則安之。

百里風也跟著一起走進了酒肆，來到了劉偉那一桌。

陸瑤則是跟小青單獨一桌，不過周圍還是有很多的護衛去保護她們兩個的。

酒很快店小二便搬了上來，商隊的護衛們看見了酒之後，也紛紛雙眼通紅，畢竟這好久也沒有他們走了這麼久的路，好久都沒有碰過酒了。

不過喝酒誤事他們是知道的，隨後他們這才抬起了頭，帶著一臉的期待看著劉偉。

劉偉自然知道他們是什麼意思，劉偉瞇著眼睛想了想，隨後點了點頭說道：「喝酒可以，但不要喝多。知道了嗎？喝一點就夠了。」

商隊的護衛聽見這話之後，連忙歡呼了起來，口裡應和著不喝多，但碗裡早已經倒滿了酒。

對於這樣的情況，劉偉也沒有什麼辦法好阻止的，只能讓他們喝一點宣洩一下。

現在的隊伍已經比原先出發的只剩下十分之一了，所以劉偉也只能走一步看一步了。

「小二。」劉偉呼喚了一聲。

小二便走了上來。

「客官，要點什麼！」

劉偉瞇了瞇眼睛，淡淡地說道：「先來十斤牛肉吧。」

很快，小二點點頭，便恭恭敬敬的退了下去。

反倒是百里風，一臉警惕的打量著四周，眼神隱隱約約帶著殺意。

那樣的感覺實在是太奇怪了，那股壓抑的感覺帶給他的已經是深深的威脅感了。

百里風深深的呼吸了一口氣，要是一會出什麼事情的話，他也可以很及時的反應過來。

劉偉先是倒滿了酒，隨後拿碗遞給了百里風。

「來百里兄弟，我先敬你一杯，感謝你剛才的仗義出手相助。」

百里風笑咪咪地也站了起來，對劉偉的熱情，他也沒有要拒絕的必要。

百里風接過了劉偉遞過來碗，隨後一口喝完。

這酒，跟前世地球的啤酒差不多，喝起來沒感覺，還不比白酒烈。

沒辦法，這裡的釀酒技術確實差，跟前世的地球確實沒有辦法比肩。

劉偉喝完之後，臉上也開始浮顯了一絲的紅暈。

百里風無奈地搖了搖頭，這傢伙估計還真的是不勝酒力啊，才剛喝下這麼一點，就已經不行了嗎？

百里風撲哧的微笑了一下。

不過隨後他便感覺到不對勁了，他皺著眉頭。

宿主：百里風

境界：武師中階巔峰、煉藥師二階（一百分之五十一）

生命值：八百

積分：六萬

功法：九轉歸元訣（第二層）

武器：小刀、長劍、一階藥鼎、一階丹方補血丹、無極掌套（黃階上級）、二階內核、玄階中級內甲天蠶寶甲、丹閣令牌、三階一氣丹，三階一氣丹丹方

寵物：天雪狐

武技：崩山掌（大成）、巨熊神吟、玄階中級武技太極拳

任務：B級任務，守護百里家，解開無涯劫難。S級任務，恢復靈動戒。D級任務，前往無極宗

百里風突然一下子便皺起了眉頭，這酒怎麼喝下去之後，自己的生命值怎麼減少了？難道說這酒有毒不成？

百里風的內心突然冷顫了一下，該死的，該不會自己有遇見了偷襲了吧。

百里風連忙轉頭看向周圍的人，他們依舊在大口的喝著酒，好像還是沒有什麼異樣，百里風瞇起了眼睛，難道說是自己大意了。

但不可能啊，自己的生命值確實減少了一百。

在一般的情況下，百里風的生命值很少說有一次性減少一百的，就算是同等境界的強者轟中百里風一拳，那麼最多也是減少五十到一百的生命值罷了。

百里風的心一下子便警惕了起來，畢竟小心駛得萬年船。

他小聲的開口提醒劉偉說道：「我覺得這裡很可能有問題，你還是不要喝太多的酒為好。」

劉偉剛喝完一碗酒聽見百里風這樣說之後，心裡也連忙震驚了起來，這酒幸好他才喝了兩碗。

此刻知道了百里風的真正實力之後，劉偉很信任百里風，幾乎他說什麼，自己都會照做，一聽說這酒有毒之後，劉偉馬上就不喝了。

他看了一下周圍的人，他們都已經喝了不少了。

劉偉連忙將視線轉向陸瑤，她可不能出事啊。

好在陸瑤是女的，不喜酒，所以便沒有喝。

百里風猛然拍了一下桌子便站了起來。

這下，可把周圍的人嚇得不清，特別的小青，不爽的看著百里風，不屑的冷聲說道：「喂，你怎麼一驚一乍的，到底想幹什麼。」

百里風的眼神陰冷地瞥了一眼小青，那眼神帶著無盡的殺氣，小青的眼神對上了之後，內心顫抖了一下，好可怕的眼神，好像一個殺人的惡魔一般。

簡直就是讓小青難忘啊。

百里風隨後緩緩地對著周圍的人開口說道：「把你們手中的酒都丟了。」

「為什麼？」

所有人的心裡都紛紛產生了一絲的疑問，為什麼百里風要叫他們把手中的酒給丟了。

「這酒有毒，你們不能喝！」百里風憤然的開口說道。

這些傢伙，死到臨頭了，還要貪杯。

聽到百里風這話之後，他們連忙震驚住了，這酒有毒？

百里風這路來所展現的威信是比較容易讓人信服的，他們聽見之後，也只能快速的將手裡的酒都給丟了，狠狠的砸碎。

原本遊蕩在酒桌周圍的店小二早已經消失不見。

百里風瞇起了眼睛，這店小二果然有鬼，整個酒肆就是一個陷阱。

很快，便已經有人出現了不適，他大口一張，口裡的鮮血便吐了出來，緊接著，隊伍裡的人都有很多出現了這樣奇怪的跡象。

百里風不善皺著眉頭，該死的，他們果然全部都中毒了，而且毒性還挺強。

百里風瞇起了眼睛。

小青看見這樣的情況之後，也連忙的張大了嘴巴尖叫了出來，畢竟這麼多的人在她的面前吐出了這麼多的鮮血，她也有些難以接受。

百里風看向酒肆外面，那裡有強者的氣息，果然，周圍有人埋伏。

很快，便有幾名黑衣人衝殺了進來，他們的手裡握著鋒利的小刀，進來之後，二話不說便在商隊護衛的脖子上抹了過去。

他們進行了割喉之戰，很多的人都已經死在那幾名黑衣人的手下了。

讓百里風吃驚的是，那些黑衣人的實力竟然已經達到了武者高階，這麼大的手筆還真的是少見啊。

百里風好奇的瞇起了眼睛。

很快酒肆裡的商隊護衛死的人越來越多了，劉偉也慌了，也想站起來抵禦，但他的雙腿癱軟了一下，竟然提不上力氣了。

百里風閉上了眼睛，將自己體內的毒素給排了出去，所以他並沒有多少的大礙。

「崩山掌！」

百里風一個閃身便來到了一名黑衣人的面前，隨後便赫然的出掌，一下子便擊中了他的胸口，那名黑衣人直接倒飛了出去，昏死了！

其他的幾名黑衣人看見百里風施展了如此強大的實力之後，也連忙的震驚了起來，隨後他們便將目標都放在了百里風的身上。

畢竟此刻百里風才算是他們真正的威脅吧。他們一股腦的衝了上來。

百里風微微一笑，來吧，好好的戰一場，百里風剛踏出一步，沒想到他身後傳來了一道危險的氣息，他連忙轉過了身想抵禦一下，但那身後的傢伙攻擊便已經落在了百里風的胸口上。

「噗！」

百里風直接被擊飛了出去。

宿主：百里風

境界：武師中階巔峰、煉藥師二階（一百分之五十一）

生命值：三百

積分：六萬

功法：九轉歸元訣（第二層）

武器：小刀、長劍、一階藥鼎、一階丹方補血丹、無極掌套（黃階上級）、二階內核、玄階中級內甲天蠶寶甲、丹閣令牌、三階一氣丹，三階一氣丹丹方

寵物：天雪狐

武技：崩山掌（大成）、巨熊神吟、玄階中級武技太極拳

任務：B級任務，守護百里家，解開無涯劫難。S級任務，恢復靈動戒。D級任務，前往無極宗

他的血量竟然已經下降了三百，剛才那傢伙的一掌，攻擊力未免也太強了吧。好在劉偉及時的出手扶住了百里風，不然他砸在地上，傷害得更強。

那名攻擊百里風的是一名中年男子，看來挺魁梧。

百里風查探了一下他的修為，直接一下子便震驚住了，這該死的傢伙實力已經到了武宗中階。

劉偉也感覺到了那名中年男子帶來的巨大壓力，他瞇起了眼睛對著百里風說道：「這個傢伙似乎有些強大啊。」

酒肆裡的商隊護衛都已經一一的被殺死了。

現在剩下的就只有百里風、劉偉、陸瑤小青四人了。

那名中年男人高高在上看著百里風好奇的開口說道：「小子，你的實力天賦挺強的，年紀輕輕就已經達到了這樣的地步，讓我有些刮目相看。」

百里風強壓下自己體內翻湧的氣血，隨後站直了身板，眼神直勾勾的看著那名中年男子說道：「你的目標是陸瑤嗎？」

旁邊的陸瑤眼色閃過一絲的慌亂，不知道該怎麼辦。

第九章
離開這裡

那名中年男子瞇起了眼睛，不善的搖了搖頭說道：「小子，你太聰明了可不好。」

百里風微微一笑，看來自己是猜對了，這些該死的傢伙的目標還真的是陸瑤。陸瑤的眼神看著中年男子帶著一絲的恐懼，根本不敢對視他。

中年男子看著陸瑤淡淡地說道：「陸小姐，可別怪我無情了，有人花了天大的代價來買妳的性命，我也是拿錢辦事罷了。」

小青慌張地站了出來對著中年男子說道：「他們給你多少錢，我家小姐可以雙倍給你。」

中年男子冷笑了一聲，不屑地說道：「妳覺得我是那樣的人嗎？做人要講信譽，既然答應了人家，那麼應該就要好好的拿錢辦事。」

百里風瞇起了眼睛，冷笑地說道：「你這樣的人也會能講信譽？」

中年男子看向百里風微微一笑淡淡地說道：「小子，看來你確實是活膩了，竟然敢一再挑戰我的底線，真的以為我不會對你出手嗎？」

百里風臉上自然是帶著自信的微笑，他抬起了頭瞥著中年男子說道：「我怕你幹什麼，大不了跟你死戰一場罷了。」

中年男子滿意的點了點頭說道：「小子，你這一路走來，我一直都在看著你的表現，確實有很天賦，是百年難得一見的天才，就連我都在你這個年紀都沒有達到你這樣的修為高度。」

中年男子的話裡帶著深深的讚賞，確實百里風的天賦很讓人驚豔，不管是誰看見他這樣的修為之後也會感覺到震驚的。

劉偉和百里風逐漸的靠近了陸瑤，兩人形成了保護圈，周圍的黑衣人也死死的盯著百里風。

氣氛似乎陷入了無比僵持的情況之中。

百里風小聲的對著陸瑤說道：「一會我拖住那名中年男子，然後劉隊長，你帶著她們兩個逃出去。」

劉偉的眼神裡帶著猶豫，如果把百里風一個人丟在這裡的話，確實有些不道地啊。

他猶豫的張了張嘴巴，無奈地搖了搖頭說道：「不行，百里兄弟，我怎麼可能把你一個人丟在這裡，實在是太危險了。」

百里風瞇起了眼睛，轉過身怒視著劉偉說道：「現在這樣的情況，你還有什麼更好的辦法嗎？」

劉偉突然愣住了，是的，在這樣的情況面前，他確實沒有什麼好辦法了。

陸瑤的眼裡帶著不捨。

「不行，百里公子不走，我也不會走的。」

「叮！宿主成功再一次啟用任務，幫助陸瑤逃離，任務完成獲得一顆三階丹藥。」

宿主：百里風
境界：武師中階巔峰、煉藥師二階（一百分之五十一）
生命值：三百
積分：六萬
功法：九轉歸元訣（第二層）
武器：小刀、長劍、一階藥鼎、一階丹方補血丹、無極掌套（黃階上級）、二階內核、玄階中級內甲天蠶寶甲、丹閣令牌、三階一氣丹，三階一氣丹丹方
寵物：天雪狐
武技：崩山掌（大成）、巨熊神吟、玄階中級武技太極拳
任務：B級任務，守護百里家，解開無涯劫難。S級任務，恢復靈動戒。D級任務，前往無極宗

沒想到，系統的聲音讓百里風直接愣了愣，這個任務怎麼有突然的啟用了，而且看起來只要幫助陸瑤逃離這裡的話，那麼他就可以獲得一顆三階丹藥了。

的。

要知道，在他這樣的境界，無論是什麼功效的三階丹藥對他的幫助都是巨大的。

這下，百里風更加堅定了自己成為誘餌，幫助她們逃離的想法了。

中年男子雙手負後自信的看著百里風說道：「怎麼？小子，你就真的確定能拖住我？別忘了，我是武宗中階，你才只是一個小小的武師中階巔峰罷了，我動動手指就可以擊敗你。」

中年男子說的話確實是真的，他的境界要比百里風高出太多太多，只要他想真的就可以輕輕鬆鬆擊敗百里風。

哪怕百里風死戰到底，最後得來的也只可能是堪堪拖住這個傢伙幾分鐘罷了。不過百里風可是有底牌的，他可是有著丹鎮送給他的三階丹藥呢。

只要他想，馬上吃下去就能短暫的成為武宗強者。

要不是任務的獎勵是三階丹藥的話，百里風才捨不得吃掉那顆丹藥呢。

百里風雙腿後撤了一步，眼神裡充滿著戰意，他抬起了手指向那名中年男子勾了勾，帶著無盡的挑釁意味。

「來吧，讓我跟你好好的戰一場，分出勝負。」

中年男子好像聽到了什麼天大的笑話一樣，哈哈大笑了起來，他的眼裡帶著笑意看向百里風說道：「你在搞笑嗎？以你的實力，確定是我的對手嗎？」

道。

百里風抿了抿嘴巴，既然要戰，那麼就要死戰到底，這才是百里風真正的武道。

百里風小聲的呵斥道：「劉隊長，聽到了嗎？按照計畫走。」

中年男子戲謔的看著百里風：「得，先讓你熱熱身吧。」

隨後，他緩緩地抬起了手指了指百里風，緊接著周圍的黑衣人一下子便全部都衝了上去，不過他們的目標不是陸瑤，而是百里風。

百里風也得意的露出了一絲的微笑，既然要打，那麼就來吧。

百里風輕輕地踏出了一步，緊接著便化作了一道虛影，然後光芒不斷地在空中閃耀。四周傳來了劈里啪啦的聲音。

那是百里風在跟那些黑衣人繼續戰鬥的聲音。

他可是武師中階巔峰強者，雖然不知道為什麼中年男子要讓這些才只是武者高階的黑衣人上來送死，那既然是這樣，百里風也不會客氣了。

很快，才短短的半炷香的時間，那群黑衣人便已經狼狽的躺在了地上。

宿主：百里風

境界：武師中階巔峰、煉藥師二階（一百分之五十一）

生命值：二百五十

積分：六萬
功法：九轉歸元訣（第二層）
武器：小刀、長劍、一階藥鼎、一階丹方補血丹、無極掌套（黃階上級）、二階內核、玄階中級內甲天蠶寶甲、丹閣令牌、三階一氣丹，三階一氣丹丹方
寵物：天雪狐
武技：崩山掌（大成）、巨熊神吟、玄階中級武技太極拳
任務：B級任務，守護百里家，解開無涯劫難。S級任務，恢復靈動戒。D級任務，前往無極宗

百里風解決掉這些黑衣人確實也廢了不少的力氣，他們的修為雖然才只是武者高階，但實在是太拚命了。

有些人明明都已經被百里風給解決在了地上，到最後又突然的暴起，都要給百里風一掌。

幸好最後百里風都解決了他們。

不過也受了點傷，至少生命值都已經減少五十。

百里風大口喘著粗氣，隨後他才緩緩地抬起了頭看向那名中年男子。

中年男子滿意的拍起了手，笑道：「小子，你的天賦和實力此刻又讓我驚訝

了，你到底是什麼樣的妖孽啊，我都懷疑你是不是人了。」

百里風抿笑，一道看著中年男子說道：「我當然是人了，不然今天也不可能被你圍堵在這裡。」

中年男子哈哈大笑了兩聲：「確實啊，要是給你時間發展一下的話，日後大陸上絕對會出現一個戰字級別的強者，戰靈？戰皇？說不定呢。」

百里風瞇起了眼睛，戰字級別的武道修為目前他還不敢奢求，武宗之上還有一個武尊呢，突破了武尊之後才是戰靈！

中年男子無奈地看著百里風說道：「眼看著一名未來的戰字級別的強者隕落在我的手裡，我想想就興奮呢。」

百里風皺了皺眉頭，這個傢伙還真的不是一般的變態啊。

「劉隊長，馬上帶著陸小姐走，這裡我拖著。」百里風大聲地說道。

劉偉聽見之後，點了點頭，便要帶陸瑤和小青離開酒肆。

中年男子看見這樣的情況之後完全沒有於一絲的慌亂。

他淡淡地說道：「我勸你最好還是不要這樣做。」

劉偉突然愣住了，疑惑的看著中年男子，不知道為什麼他要說出這句話。

中年男子淡淡地抬起了頭，緩緩說道：「你確定外面的沒有我們人在重新埋伏嗎？出去不是送死嗎？還是好好的待在這裡，等我解決了你，我最後再帶走陸小姐。」

百里風的眼神死死的盯著中年男子，沒有說話，他也在仔細的思考著其中的利弊，隨後才堪堪的點了點頭對著劉偉說道：「你們兩個先別走，在這裡看著吧，看著我把這個老傢伙給揍得半死。」

中年男子似乎是在為百里風的狂妄感覺到了好笑一般，他哈哈便大笑了起來，帶著不屑。

「小子，來吧，讓我來重新見識一下你的實力吧。」

百里風拿出了丹鎮給自己的一氣丹，隨時冷笑的看著中年男子。

中年男子看見百里風手裡的一氣丹之後，臉色突然不好了起來。

他淡淡地開口說道：「這個是三階丹藥嗎？沒想到你的身上還有這樣的寶物啊。還真是讓我羨慕呢，我都開始好奇你身上到底有多少的好東西了。」

百里風微微一笑，掌心裡的三階丹藥對著中年男子晃了晃說道：「想要嗎？我還真的就不給你了，接下來你可要做好心理準備了，因為我吃下這可丹藥的話，後果可是很嚴重的。」

中年男子點了點頭淡淡地說道：「來吧，讓我看看三階丹藥的真正實力。」

百里風抿然的笑了一聲：「好，我就滿足你。」

說完之後，百里風便一口將掌心裡的一氣丹給一口吞了下去，他的眼神裡帶著無盡的戰意。

很快，吃下去之後，他感覺到丹田內爆發出了一股強大的力量，實在是太強了。百里風感覺自己的身體很漲，好像有什麼東西要爆炸開來一般。

「啊——」

百里風的雙眼有些通紅的嘶吼了起來。

中年男子此刻終於皺了皺眉頭，他從百里風的身上感覺到了一絲強大的力量，這股力量實在是太熟悉了，讓他的內心感覺到一絲的顫抖。

中年男子正了正身形，自己可是武宗中階巔峰的強者，怎麼可能會懼怕百里風一個小小武師中階巔峰呢。

他強行的晃了晃腦袋，想使自己更加的清醒一點。隨後才堪堪的抬起了頭。

此刻，百里風的實力早已經天翻地覆的變化了。

宿主：百里風

境界：武宗中階巔峰、煉藥師二階（一百分之五十一）

生命值：二百五十

積分：六萬

功法：九轉歸元訣（第二層）

武器：小刀、長劍、一階藥鼎、一階丹方補血丹、無極掌套（黃階上級）、二階內核、玄階中級內甲天蠶寶甲、丹閣令牌、三階一氣丹，三階一氣丹丹方

寵物：天雪狐

武技：崩山掌（大成）、巨熊神吟、玄階中級武技太極拳

任務：B級任務，守護百里家，解開無涯劫難。S級任務，恢復靈動戒。D級任務，前往無極宗

百里風此刻竟然已經進入了武宗中階巔峰，他竟然跨越了一個大境界。

中年男子看見百里風的實力竟然進入了武宗中階巔峰之後，他的眼睛乾脆直接瞪大了起來。

這是什麼三階丹藥，竟然讓百里風跨入了武宗中階巔峰。

中年男子嚥了嚥口水。

百里風踏出了一步，隨後狠狠的跺了跺地面，地面傳來了一陣劇烈的顫抖聲音。

周圍的桌子椅子都不約而同的開始顫抖。

中年男子皺著眉頭，眼神很不善。

隨後他帶著平等的目光打量著百里風。

這個小子到底是什麼背景，怎麼可能這麼強悍啊。

中年男子被百里風的手段給整震驚了。

隨後百里風淡淡地伸出了手看著中年男子說道：「百里風懇求跟你一戰。」

中年男子抿了抿嘴，冷笑了一聲，自己何必懼怕百里風呢，他的境界只不過是丹藥強行堆積起來的罷了，自己可是實打實的武宗中階，肯定比他強。

中年男子的心裡早已經斷定了百里風的實力，所以根本不懼怕他。

倒是百里風一臉的輕鬆笑意。

此刻，陸瑤看向百里風的背影裡帶著一絲的崇拜，抿然的點了點頭。

「百里公子，加油，一定要打敗他啊。」

百里風輕輕地回過了頭，露出了一邊俊美的側臉然後點了點頭淡淡地說道：「陸小姐儘管放心，今天我必定會保護妳離開這裡的。」

陸瑤激動地點了點頭。

百里風身形一頓，隨後便快速的衝了出去，開始速度變快了起來，讓人根本看不清百里風的真正身影。

中年男子也不敢太過於大意，眼神陰冷地抬起了手，百里風要打，那麼自己就好好的陪他站一場。

隨後，百里風便一下子閃到了中年男子的面前，不等後者及時的反應過來，百里風便已經一拳轟出了。

中年男子連忙抬起了手臂抵禦了起來。

但沒想到百里風的這一拳竟然有如此巨大的力量，看似輕輕地一拳轟出，接下來的時候，中年男子竟然連退數步，驚訝地愣住了。

然而百里風沒有繼續要收手的意思，很快又追了上去，對著中年男子接連就是轟轟的幾拳轟了下來。

中年男子更加的艱難抵禦了，百里風冷笑了一聲，再來。

隨後他繼續抬起了手，不斷地揮拳轟擊，狠狠的砸在了百里風的身上。

百里風瞇起了眼睛，看來今天這次中年男子還得吃癟了。

百里風冷笑了一聲，穩住了身形，看著中年男子挑了挑眉頭，微笑地問道：

「怎麼樣？我這招還行吧。」

中年男子的眼裡帶著震驚，他眼神直勾勾的看著百里風，他的武宗中階巔峰的實力竟然這麼強悍，原本以為這個傢伙吃了三階丹藥堆集起來的實力會有很大的水分。

但現在看來，是他想錯了，百里風的實力確實很強，儘管吃丹藥來到了武宗中階巔峰，展現出來的實力根本跟一般人不一樣。

所以中年男子有些震驚住百里風的實力了。

百里風輕輕的抬起了胸膛，眼裡帶著無盡的自信，就連中年男子都有些發寒了，這個小子的實力未免也太強了吧。

中年男子此刻內心裡已經無比的震驚了，他都有些發寒自己到底能不能擊敗百里風了。

此刻，百里風的眼裡依舊帶著昂然的戰意，隨後雙腳蹬了出去，像一道疾馳的汽車一樣便撞擊在了中年男子的身上。

那中年男子直接又被百里風給狠狠的撞飛了出去。直接倒在了天空。

百里風瞇起了眼睛，冷笑了一聲，敢小瞧自己？簡直就是找死。

中年男子的嘴角裡隱隱約約的開始溢出了鮮血，隨後艱難的看著百里風。

他的實力好強，他摀著胸口。

百里風稍微的抬起了頭，自信的看著中年男子說道：「怎麼樣？我的實力你還滿意吧，要是不滿意的話，我繼續來，怎麼說也要打到你服為止。」

中年男子冷哼了一聲，帶著無盡的怨氣，這個小子的實力確實太過於變態了。看來自己只能逃了，不然還真的得栽在這裡。

中年男子心裡滋生出了一絲的逃跑之意。

如果百里風繼續這樣下去的話，他也扛不住。

百里風輕輕的冷笑了一聲，淡淡地抬起了頭看著中年男子說道：「怎麼？害怕了嗎？害怕是好事啊！這樣我也能拚了命揍你了。」

中年男子瞇起了眼睛，百里風這個傢伙，確實是太變態了，他都有些害怕了。看見情況已經正在逐漸的變好了之後，陸瑤也微笑了起來，看著百里風的背影，她感覺內心有著無限的安心。

百里風再一次抬起了手挑釁著，中年男子瞇起了眼睛，此刻他也受了傷。他心生退意，開始慢慢的移動了一下腳步，根本不敢跟百里風對視。

百里風咧嘴一笑淡淡地說道：「看來你確實害怕了，都想逃跑了。」

百里風好像聽到了什麼天大的笑話一般哈哈大笑了起來，他不屑的看著中年男子說道：「你還是乖乖的洗乾淨脖子等死吧，你注定要死在我的手裡。」

中年男子聽著百里風的話，直接憤怒了起來，他猛然地站了起來。眼神直勾勾的盯著百里風，隨後心裡早已經滋生出了無盡的戰意，大不了跟他拚了就是了。

百里風稍微的抬起了頭，看向中年男子。

百里風緩緩地抬起了手，武之氣在他的身上不斷地流動，緊接著是便是一股極其強烈的氣勢爆發了出來。

「玄階中級武技，太極拳！」百里風的口裡振振有詞地說道。

玄階中級武技，中年男子聽到這樣的話之後直接震驚住了，百里風的身上竟然還會玄階中級，要知道他身為武宗中階，身上的武技最高也只不過是黃階高級罷了。

看著中年男子震驚的樣子，百里風似乎很高興，更加震驚的還在後面呢。百里風自信的抬起頭。

「玄階中級武技，巨熊神吟。」

百里風低聲的悶哼了一聲，緊接著，他身上的氣勢又繼續的節節的攀升了起來，讓人感覺有些絕望，在這樣的實力強大的百里風面前，他根本沒有一絲想抵抗的意思。

百里風的身上竟然有兩個玄階中級武技，這根本就不是人啊。完全比不了。百里風很快便衝了出去，一掌轟在了中年男子的胸口上。

中年男子先是目光一凝，不善的皺了皺眉頭，隨後撲哧了一聲，一口鮮血從他的口裡吐了出來，灑向了天空。

整個天空開始充斥起來血紅之色。

中年男子的氣血已經逐漸的下降了，他眼前的事物都有些模糊了，根本看不清眼前的情況了。

百里風微微一笑，輕輕的抬起了頭自信的笑了笑。

隨後，百里風淡然的露出了微笑，他淡淡地對著中年男子說道：「你可準備好了？接下來我的攻擊可是極其強烈的，你可能會死喔！」

隨後，不等中年男子說話，百里風便衝了出去，快速的在中年男子的身上攻擊著。

緊接著，中年男子的身影直接被百里風給擊飛了起來，揚上了天空。

「叮！宿主完成任務。獲得一顆三階丹藥。」

宿主：百里風

境界：武師中階巔峰、煉藥師二階（一百分之五十一）

生命值：二百五十

積分：六萬

功法：九轉歸元訣（第二層）

武器：小刀、長劍、一階藥鼎、一階丹方補血丹、無極掌套（黃階上級）、二階內核、玄階中級內甲天蠶寶甲、丹閣令牌、三階一氣丹丹方

寵物：天雪狐

武技：崩山掌（大成）、巨熊神吟、玄階中級武技太極拳

任務：B級任務，守護百里家，解開無涯劫難。S級任務，恢復靈動戒。D級任務，前往無極宗

第十章

聽見了嗎？

看著中年男子如同一攤死屍躺在地上之後，百里風的心裡才稍微的鬆了一口氣。

這個傢伙終於死了，要是還不死的話，等百里風的一氣丹藥效一過，就沒有辦法了。

百里風長長的呼出了一口氣，隨後抬起頭看向天空。

正巧上空飛過一群大雁，百里風看著臉上微微的一笑。

此刻百里風的丹田感覺一股氣流洩了出去，隨後他的身體一鬆垮，看來是一氣丹的藥效過了。

百里風無奈地嘆了一口氣。

獲得過武宗中階巔峰實力的感覺之後，一下子回到武師中階巔峰之後還真的有些不適應了。

百里風查看了一下自己剛才獲得的三階丹藥。

歸元丹，具體：不詳。

宿主：百里風

境界：武師中階巔峰、煉藥師二階（一百分之五十一）

生命值：二百五十

積分：六萬
功法：九轉歸元訣（第二層）
武器：小刀、長劍、一階藥鼎、一階丹方補血丹、無極掌套（黃階上級）、二階內核、玄階中級內甲天蠶寶甲、丹閣令牌、三階一氣丹丹方、三階歸元丹
寵物：天雪狐
武技：崩山掌（大成）、巨熊神吟、玄階中級武技太極拳
任務：B級任務，守護百里家，解開無涯劫難。S級任務，恢復靈動戒。D級任務，前往無極宗

百里風疑惑地皺了皺眉頭，這個三階丹藥怎麼這麼奇怪，具體用途竟然不詳？那該怎麼辦。

百里風還真有些不敢嘗試了，萬一是特別厲害能保命起死回生的丹藥呢。那他吃了不是特別的吃虧了嗎。

百里風轉過了身，走回了酒肆裡。

此刻劉偉等人還是有些驚魂未定，他們神情有些茫然，還沒有從剛才的震驚之中恢復過來。

還是百里風笑著走到了他們的身前，抬起了手晃了晃。

然後他們三個才反應過來。
因為實在沒有想到百里風的實力這麼強悍，能在這麼短的時間內解決掉中年男子。
原本劉偉看向百里風的目光也已經產生了大變樣，原本他是以那種看待晚輩的目光看待百里風，那是最開始的時候。
後來百里風解決掉了東加之後，展現出來的武師中階巔峰的實力讓劉偉大吃一驚。
他才覺得百里風的實力這麼強，這才把百里風放在了一個很平等的地位上。
但現在此刻來說的話，百里風的實力已經能很快速的解決掉中年男子了。
他根本不敢以看待平輩的目光看待百里風了，武道無先後，達者為先。
百里風的實力已經足以讓劉偉尊稱一聲前輩了。
劉偉抿了抿嘴，看著百里風。
百里風淡淡地說道：「現在最為嚴重的危險我已經解決了，就算真如那個傢伙所說的那樣，周圍有埋伏的話，那麼他們的實力應該也不強大。」
小青慶幸的看著百里風：「小子，你今天表現的很不錯，不如跟我們回帝都吧，小姐一定可以給你很好的前途發展機會的。」
陸瑤臉色一紅，她輕輕的推了推小青說道：「小青，妳在說什麼呢，可別亂說話。」

她的行為已經出賣了自己的內心。

看著陸瑤嬌羞的樣子，小青摀著嘴巴竊笑了起來。

百里風也尷尬的撓了撓頭說道：「那個，我目前還沒有打算要去帝都發展的意思，我正準備要去無極宗，因為我已經是無極宗的外門弟子了。」

說完之後，百里風拿出了那張無極宗外門弟子的邀請函在眾人的面前晃了晃。

陸瑤的眼裡閃過了一絲的失落，眼睛低垂了下來。

倒是小青滿臉的不屑說道：「區區無極宗算什麼，我家小姐可是——」

說到這裡，小青突然發現好像觸及到了什麼禁忌一般，突然就閉上了嘴巴沒有說話。

而陸瑤也向小青投去一絲怪罪的眼神，有些責怪的隨便亂說話。

百里風瞇起了眼睛，從小青緊張的神色來看。

陸瑤的家族看來在帝都一定是很強大的存在了。

不然怎麼可能吸引了這麼多人的圍殺呢。

百里風抿然的搖了搖頭，自己和她到底不是一路人。

劉偉看著百里風說道：「百里兄弟，你這麼快就要去無極宗了嗎？」

劉偉的意思很明顯，他還是有些擔心受怕接下來的路上會有埋伏，他想讓百里風跟著。

但百里風可沒有那個意思，他已經迷路在山林裡半個月了，不能在拖了。

百里風微微一笑說道：「沒事的，你們就放心吧，前面的路上就算有埋伏，也沒有多大的事情，只要你們不走大路，那怕繞一些路，就可以輕鬆的躲避追擊了。」

看著百里風不想在繼續護送自己等人，劉偉的眼裡也是閃過了一絲的無奈。

他抬起了頭對著百里風說道：「百里兄弟，你的天賦很強，其實小青小姐說的沒有錯，帝都才是最適合你的地方，那裡是天才的聚集地，整個帝國的天才都匯聚在了帝都。而相比於無極宗來說，就有些不行了。」

百里風有些無奈地搖了搖頭說道：「不行，路要一步一步的走，此刻我才只是一個武師中階巔峰罷了，在帝都那樣的權利中樞，就算我能大放異彩，但沒有最基本的底蘊，我也只是曇花一現罷了。」

百里風對自己的未來有著明確的規劃，自己一年之後還要修煉到武宗境界回到無涯城呢。

到時候去哪裡發展再說吧。

等百里風到達了戰字級別的修為之後，說不定就可以真正的遊歷大陸了。

百里風長長的鬆了一口氣說道：「好了，此刻我們應該告別了，我也要啟程了。」

陸瑤的眼裡閃過一絲的不捨，不過她還是微微地說道：「那祝百里公子未來的前途一路繁花似錦。」

隨後，陸瑤對著百里風行了一萬福禮。

百里風也連忙的拱手作揖回了陸瑤。

然後，百里風便轉過了身，淡淡地走出了酒肆。

劉偉等人看著百里風逐漸離去的背影，感覺有些落寞。

「好啦，小姐，既然那個小子不識相的話，那妳還管他這麼多幹什麼，帝都還有很多年輕天才的公子追求妳呢。」

陸瑤沒有聽進小青的話，看著百里風的背影嘆了一口氣。

百里風很快，經過不斷地跋山涉水之後，便已經來到無極宗的山門面前。

山腳下赫然的豎立著一道石碑，上面龍筆走蛇的寫著無極宗三個大字。

百里風抬了頭看向高聳入雲的山峰，這個無極宗看起來還挺有氣勢的，至少百里風一種橫壓的感覺。

他在這樣的山門面前感覺自己好像要壓迫成了一個小小的螻蟻一般。

百里風淡淡地勾起了一抹微笑，看來這個無極宗的山門比自己想像得還要好啊。至少第一眼看來還挺滿意的。百里風淡然的點了點頭。

隨後，他才抬起了腳，邁著腳步的向著無極宗的山峰走去。

很快，便有幾名身穿武道服的弟子快速的跑了下來，來到了百里風的面前，他們冷眼看著百里風質問道：「你是誰？為什麼會出現在這裡。」

百里風微微一笑，於是便開始說明了自己的身分。

「我是從無涯城來的，是今年的無極宗外門弟子入門身分。」

為首的弟子看著百里風，稍微的挺起了胸膛不屑的看著百里風說道：「你說你是今天預備的外門弟子，有邀請函嗎？」

百里風抿然的點了點頭說道：「自然是有的。」

隨後百里風拿出了黑色的無極宗外門弟子邀請函。

那名為首的弟子接過了邀請函之後，仔細的打量了一下百里風，輕輕的點了點頭說道：「邀請函倒是真的，不過人嘛？也不知道是不是頂替的。」

百里風皺了皺眉頭，聽他們這語氣，似乎是有些懷疑的意思。

百里風乾脆直接問道：「那你們想我怎麼證明呢？」

那名為首的弟子稍微的挺直了一下頭顱冷笑地說道：「打敗我們幾個，就可以證明你有外門弟子的實力。」

百里風稍微的打量了一下，他們一共有三個人，兩人都是武者高階的實力，為首的那名弟子是武者巔峰。

百里風自信的勾勒出了一絲的冷笑，就這點修為也好意思來難為百里風！他武師中階巔峰的實力要是一下子全部展現出來的話，估計這三個傢伙得被嚇死。

不過百里風突然玩心大起，他倒是想要一要這三個狗眼看人低的傢伙呢。

百里風裝出一副害怕的樣子，畏畏縮縮地說道：「這樣不好吧，我才只是武者中階巔峰罷了。」

聽到百里風是武者中階巔峰之後，他們的眼裡不禁升起了一絲的輕視。

為首的弟子突然冷笑地說道：「要麼你就上供一千兩銀子，這樣我們就可以放過你們。」

百里風的眼神微微的一變，微微一笑，看來這些傢伙是想向百里風索取賄賂啊。正好百里風可以好好的教訓一下他們。

百里風聲音裝作顫抖地說道：「不行啊，我身上沒有錢，連一兩銀子都沒有啊。」

那為首的弟子冷笑了一聲，看著百里風這個樣子，還真的是有些難辨呢。

那傢伙伸出了舌頭，在自己的嘴唇邊緣舔了舔，像極了一個變態。

百里風慌亂的退了一步，瞇起了眼睛，畏畏縮縮了搖了搖頭，帶著恐懼。

隨後，那為首弟子便赫然的出手了。

「小子，既然你不交錢的話，那麼就等著被我們狠狠的教訓一頓吧。」

說完，那三道身影便快速的向百里風掠了過了，百里風瞇起了眼睛，冷笑了一聲，且看自己怎麼扮豬吃老虎吧。

百里風的身體稍微的往後退了退，便躲了那三個傢伙的攻擊。

為首的弟子愣了愣，很明顯沒有發覺百里風區區一個武者中階巔峰的實力，怎麼可能躲得過他們的攻擊。

隨後，那傢伙還是不信邪一般繼續的朝著百里風衝了過來。

百里風冷笑了一聲，既然你們貪心，那麼就讓你們吃一下真正的苦頭吧。

百里風稍微的抬起了腳，裝作一副慌張的樣子便一腳蹬在了那第一個傢伙的身上，那傢伙直接倒飛了出去，那樣的力量已經不是簡簡單單的武者中階巔峰能爆發出來的了。

剩下的兩個震驚的看著飛出去的那個傢伙，隨後才堪堪的驚訝轉過頭看著百里風，他們小聲的嘀咕道：「小心點，這個小子有些不簡單。」

百里風依舊一副無辜的樣子，無辜地說道：「我真的不是故意的。」

隨後那兩個傢伙正視了一下百里風，隨後又繼續的衝了上來。

百里風乾脆直接不斷地揮出手不斷地攻擊。

很輕鬆的便抗下來了，那兩個弟子便不斷地好像陷入了僵局之中，寸步不得進。百里風心裡勾勒出了一絲的冷笑。

這些傢伙還真的是無知啊，還真的以為自己是遇見的百里風是一個小嘍囉。

百里風隨後再出拳直接轟中了那兩個傢伙的胸口上。

那兩個傢伙踉踉蹌蹌的狂退了幾步，驚駭的看著百里風。

百里風隨後冷笑一聲，淡淡地開口說道：「你們真的以為我很好欺負嗎？」

為首的弟子艱難的站了起來，眼神不善的看著百里風：「你這個傢伙隱藏了實力？」

百里風勾起了一抹微笑，聳了聳肩說道：「我說自己是武者中階巔峰，你們也信啊？真是三個傻子。」

那為首的弟子心裡怒氣便升了上來，百里風實在是太狂妄了，一定要好好的給他一個苦頭。

隨後，那傢伙憤怒的看著百里風。

「小子，你剛才在說什麼，敢不敢再說一次。」

百里風繼續冷笑地說道：「我說你們幾個是傻子！好了嗎？聽見了嗎？」

那為首的弟子一聽，更加的憤怒，他直接送了起來。

「叮！激發任務，擊敗面前的三個傢伙。」

宿主：百里風

境界：武師中階巔峰、煉藥師二階（一百分之五十一）

生命值：二百五十

積分：六萬

功法：九轉歸元訣（第二層）

武器：小刀、長劍、一階藥鼎、一階丹方補血丹、無極掌套（黃階上級）、二階內核、玄階中級內甲天蠶寶甲、丹閣令牌、三階一氣丹丹方

寵物：天雪狐

武技：崩山掌（大成）、巨熊神吟、玄階中級武技太極拳

任務：B級任務，守護百里家，解開無涯劫難。S級任務，恢復靈動戒。D級任務，前往無極宗

百里風瞇起了眼睛，擊敗他們三個不是很簡單的事情嗎？

百里風單腳踏出了一步，隨後猛然地跺了跺地，緊接著，地面便傳來了一陣極其劇烈的抖動，那三個傢伙看著百里風眼神裡帶著無比的震驚。

那傢伙的聲音有些顫抖地說道：「你你竟然已經是武師中階巔峰了嗎？」
他的眼看帶著無比的驚訝，簡直就是比吃了屎還難看。
百里風自信的笑道：「怎麼？你們現在還要找我拿一千兩銀子了嗎？又或者還質疑我的實力？」
為首的弟子一聽，有些糾結了起來，百里風這傢伙此刻所展現出來的實力太強悍了，有些難以應對啊。他才是武者巔峰罷了，百里風要擊敗他，簡直就是輕輕鬆鬆的事情。
他的心裡暗罵了起來，該死的，是不是自己出門沒看黃曆啊，原本以為遇見的是一個小萌新，沒想到遇見了一個高手。
這個世界就是以武道為尊，強者永遠是對的。
以百里風的實力就算是進入了內門，那也是頂級的天才了，況且是他們三個挑事再先，就算有外門的長老或者內門的長老要為他們三個主持公道，那理那不在他們這裡。
在說了，一個二十出頭的絕頂天才年紀輕輕便達到了武師中階巔峰的百里風和三個才只是武者的外門弟子比起來。
就算是掌門親自到來，那也不可能過渡的偏袒他們。
那三個傢伙的心簡直就是一下子便冷了下來，失魂落魄的看著對方。

百里風笑咪咪地說道：「怎麼樣？現在還覺得我好欺負嗎？」

那三個傢伙的臉色都很不好了起來。

百里風冷笑了一聲，往地上吐了口口水不屑地說道：「真是三個孬種，欺軟怕硬。」

隨後，百里風便沒有理會他們三個，而是徑直的朝著山峰走去。

為首的弟子突然站了起來看著百里風說道：「你叫什麼？」

百里風聽出來了那個傢伙不甘心的樣子，轉過身淡淡地看著那為首的弟子。

「怎麼？你莫非要報復我不成？」

那個傢伙的眼神閃過了一絲的慌亂，怎麼可能，他只是一個小小的外門弟子罷了，招惹百里風簡直就是找死啊。

日後百里風注定是要成為內門弟子的，他巴結還來不及呢。

不過以目前的情況來，他要巴結百里風估計很困難了。

百里風看著那個傢伙淡淡地丟下了一句話。

「我叫百里風，等著你來找我吧。」

「叮！恭喜宿主完成任務，生命值全滿！」

宿主：百里風

境界：武師中階巔峰、煉藥師二階（一百分之五十一）
生命值：九百
積分：六萬
功法：九轉歸元訣（第二層）
武器：小刀、長劍、一階藥鼎、一階丹方補血丹、無極掌套（黃階上級）、二階內核、玄階中級內甲天蠶寶甲、丹閣令牌、三階一氣丹丹方
寵物：天雪狐
武技：崩山掌（大成）、巨熊神吟、玄階中級武技太極拳
任務：B級任務，守護百里家，解開無涯劫難。S級任務，恢復靈動戒。D級任務，前往無極宗

百里風聽見系統的聲音之後愣了愣，沒想到這個系統是越來越人性化了，知道百里風的生命值太低了，便發布一個很容易完成的任務來給百里風。

還真的別說，百里風這一下子好像渾身都舒暢了一下，全身都穿來了麻酥酥的感覺。

百里風相繼的勾起了一抹冷笑，於是他開始的抬起了腳，緩緩地向著山頂走去。

他離山頂越來越近了，也看見了很多的形形色色的弟子正在忙碌，百里風眼裡的神色越來越激動了，那山頂到底是怎麼樣的光彩呢。

隨後，百里風加快的腳步，似乎山頂離自己越來越近了。緊接著，百里風便已經來到了山頂。

無極宗的山頂是一片開闊的廣場，這裡的武者正在不斷地努力修煉，百里風帶著疑惑開始逐漸著往裡面走去。

很快，便已經不斷地接近了。

一名老人便走到了百里風的面前。

「你看起來很面生啊。」那老人聲音有些疑惑地說道。

百里風看見之後，連忙的拱手作揖了起來。

「我是即將入門的外門弟子，我叫百里風。」

隨後，百里風又將外門弟子邀請函遞給了老人。

那老人看見百里風手裡的外門弟子邀請函是真實的之後，臉色一緩，哈哈大笑了起來。

「小伙子，這麼緊張幹什麼，正巧我是接引新弟子的長老，我帶你去吧。」

說著，老人便在前面帶路。

他沒有將百里風帶入廣場內的大殿，仍然在廣場外。

來到了一個類似於登記處吧，那邊坐著一個人。

「小子，叫什麼名字，修為多少。」那老人對著百里風說道。

登記的是一名滿臉鬍渣的中年男子，看見老人身後的百里風之後，便已經拿起了筆，正準備記下百里風的資訊。

百里風想了想隨後便淡然地說道：「我叫百里風，修為什麼，武者巔峰。」

百里風覺得還是暫時不要把武師中階巔峰的情況告訴他們比較好，畢竟這樣子確實太高調了，會引來很多的關注。

儘管百里風已經將修為給報低了，但身為外門弟子，能擁有這樣的實力也是讓老者和那名中年男子稍微的驚訝了一下。

隨後那名中年男子才抬起了筆寫下了百里風的資訊。

隨後老人轉過身淡淡地對著百里風說道：「小伙子，現在你就是無極宗的外門弟子了。」

百里風有些發愣，他好奇地問道：「這麼快的嗎？」

「叮！恭喜宿主的任務完成，獎勵一萬積分。」

宿主：百里風

境界：武師中階巔峰、煉藥師二階（一百分之五十一）

生命值：九百
積分：七萬
功法：九轉歸元訣（第二層）
武器：小刀、長劍、一階藥鼎、一階丹方補血丹、無極掌套（黃階上級）、二階內核、玄階中級內甲天蠶寶甲、丹閣令牌、三階一氣丹丹方
寵物：天雪狐
武技：崩山掌（大成）、巨熊神吟、玄階中級武技太極拳
任務：B級任務，守護百里家，解開無涯劫難。S級任務，恢復靈動戒

百里風完成了D級任務。

——待續

國家圖書館出版品預行編目資料

開局最強長老 ／ 最終幻想作. --初版.
--臺中市：飛燕文創事業有限公司, 2024.03-

冊；公分

ISBN 978-626-348-654-6(第1冊:平裝).--
ISBN 978-626-348-655-3(第2冊:平裝).--
ISBN 978-626-348-656-0(第3冊:平裝).--
ISBN 978-626-348-657-7(第4冊:平裝).--
ISBN 978-626-348-658-4(第5冊:平裝).--
ISBN 978-626-348-659-1(第6冊:平裝).--
ISBN 978-626-348-660-7(第7冊:平裝).--
ISBN 978-626-348-661-4(第8冊:平裝).--
ISBN 978-626-348-662-1(第9冊:平裝).--
ISBN 978-626-348-663-8(第10冊:平裝).--
ISBN 978-626-348-664-5(第11冊:平裝).--
ISBN 978-626-348-665-2(第12冊:平裝).--
ISBN 978-626-348-666-9(第13冊:平裝).--
ISBN 978-626-348-667-6(第14冊:平裝).--
ISBN 978-626-348-668-3(第15冊:平裝).--
ISBN 978-626-348-669-0(第16冊:平裝).--
ISBN 978-626-348-670-6(第17冊:平裝).--
ISBN 978-626-348-798-7(第18冊:平裝).--
ISBN 978-626-348-799-4(第19冊:平裝).--
ISBN 978-626-348-800-7(第20冊:平裝).--
ISBN 978-626-348-801-4(第21冊:平裝).--
ISBN 978-626-348-802-1(第22冊:平裝).--
ISBN 978-626-348-853-3(第23冊:平裝).--
ISBN 978-626-348-854-0(第24冊:平裝).--
ISBN 978-626-348-855-7(第25冊:平裝).--
ISBN 978-626-348-856-4(第26冊:平裝).--
ISBN 978-626-348-857-1(第27冊:平裝).--
ISBN 978-626-348-858-8(第28冊:平裝).--
ISBN 978-626-348-859-5(第29冊:平裝)

857.7　　　　　　　　　　　　　　　　1130000534

開局最強長老 29

出版日期：2024年10月初版
建議售價：新台幣190元
ISBN 978-626-348-859-5

作　　者：最終幻想
發 行 人：曾國誠
文字編輯：小玖
美術編輯：豆子、大明
製作/出版：飛燕文創事業有限公司
公司地址：台中市南區樹義路65號
聯絡電話：04-22638366
傳真電話：04-22629041
印 刷 所：燕京印刷廠有限公司
聯絡電話：04-22617293

各區經銷商

華中書報社　電話　02-23015389
旭昇圖書有限公司　電話　02-22451480
智豐圖書股份有限公司　電話　05-2333852
威信圖書有限公司　電話　07-3730079

網路連鎖書店

金石堂網路書店 電話：02-23649989
網址：http://www.kingstone.com.tw/
博客來網路書店 電話：02-26535588
網址：http://www.books.com.tw/

若您要購買書籍將金額郵政劃撥至22815249，戶名：曾國誠，並將您的收據寫上購買內容傳真到04-22629041

若要購買本公司出版之其他書籍，可洽本公司各區經銷商，或洽本公司發行部：04-22638366#11，或至各小說出租店、漫畫便利屋、各大書局、金石堂網路書店、博客來網路書店訂購。
▶如有缺頁、破損，請寄回更換！

Fei-Yan 飛燕文創

©Fei-Yan Cultural and Creative Enterprise Co.,Ltd.

著作權所有 · 翻印必究